오늘만큼은
나를
위해

지금껏 애써온 당신을 토닥여주는
35가지 이야기

포슈 지음
모쿠모쿠 그림
이정현 옮김

오늘만큼은
나를
위해

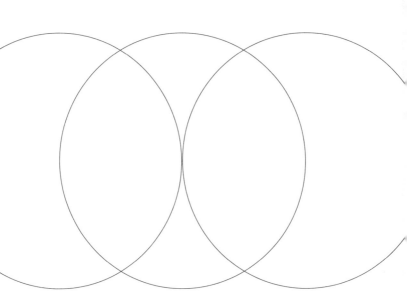

티라미수
THE BOOK

당신의
마음이
안녕하기를

'힘겹다'는 건 몸이나 마음이 괴로운 상태를 말하지요.

살다 보면 그런 때가 있습니다. 무얼 해도 진심으로 즐겁다는 기분이 들지 않고, 아침부터 몸이 축축 처지는 날. 사람들과 함께 있을 때는 웃으면서 이야기하다가도 집에 돌아와 혼자가 되면 마음이 공허해지고 아무것도 하고 싶지 않은 날. 주변 사람들의 분위기와 동떨어져서 외롭게만 느껴지는 날.

돌이킬 수 없는 실수를 저지른 것도 아니고 절체절명의 위기에 처한 것도 아니고 평생 다시. 일어설 수 없을 정도의 사건이 있었던 것도 아닌데, 오히려 평소와 다름없는 나날을 보내고 있는데도 뭔가 불안하고 초조하게 느껴지는 순간도 있지요.

딱히 불행하지도 않고 남들 눈에는 아무런 부족함이 없어 보이는 상황인데도, 정작 자신은 매일매일 숨 막히게 느껴지는 시기도 있습니다.

그렇게 마음속을 채우는 답답함, 자꾸만 반복되는 후회, 갑자기 덮쳐오는 불안과 초조, 어떻게 할 수 없는 짜증이 복잡하게 얽히고설켜서 '힘겨움'이 생겨납니다.

이 책은 그런 힘겹고 고단한 마음을 안고 살아가는 당신을 위해 썼습니다.

당신이 지금보다 조금이라도 덜 힘들어하기를, 지친 자신을 너무 몰아붙이지 않기를, 지치고 괴로운 순간에 자신을 최우선에 두기를 바라며, 당신의 고단함을 해소하는 데 도움이 되는 사고방식을 한데 모아 정리했습니다.

심리 상담사로서 지금까지의 경험을 돌이켜보면, 성실하고 올곧은 성품을 가진 사람, 자신이 힘들 때도 상대방을 배려하는 다정한 사람, 상대방이 자신을 어떻게 생각할지 노심초사하며 매사에 최선을 다하는 사람이 힘겨움에 빠지는 경우가 많았습니다.

그렇기에 이 책은 부담 없이 쉽게 읽을 수 있도록 만드는 데에 중점을 두었습니다.

'이왕 읽기 시작했으니까 끝까지 읽어야 해'라는 생각은 하지 않아도 됩니다.
책을 읽다가 힘들면 바로 책장을 덮어도 좋습니다. 지쳐버릴 정도로 지금껏 애쓰며 살아온 당신이 읽던 책을 도중에 덮고 손에서 내려놓을 수 있다면 그것 역시 또 다른 의미의 성취니까요.

읽는 순서도 정해진 건 없어요.
한 편으로 내용이 완결되므로 순서대로 읽을 필요 없이 흥미가 생기는 부분부터 읽으면 됩니다. 눈길이 가는 곳을 먼저 펼쳐서 살펴보세요.

마음이 지칠 만큼 다른 사람을 먼저 생각하며 살아왔으니, 이 책

•
당신의 마음이
안녕하기를

만큼은 누구도 신경 쓰지 말고 원하는 대로 읽어보기 바랍니다.

책 읽을 기운조차 없다 싶을 때는 그저 책을 한 손에 들고 책장을 팔랑팔랑 넘겨보세요. 편마다 실려 있는 귀여운 일러스트와 꼭 전하고 싶은 짧은 메시지가 당신의 지친 마음을 위로하는 데 도움이 될 것입니다.

이 책을 통해 당신의 지친 마음이 조금이나마 회복되기를 바라봅니다.

차
례

2장

그 어떤
나라도,
나는
내가
참 좋아

수고했어, 오늘도

자신에게 너그러워지세요.
남이 아니라 나를 꼭 안아주세요.

당신은 그런 대접을 받을 자격이 충분합니다.

1

나는
생각이
너무 많아

사소한 지적을 받으면 주눅이 드나요? 상대방의 미묘한 표정
변화가 신경 쓰이나요? 일상적인 대화를 주고받기도 어렵고,
상대방이 어떻게 생각할지 걱정이 돼서 솔직하게 말하지 못
하나요?

그런데 이런 고민을 큰마음 먹고 털어놓았더니 상대방은
별것 아닌 투로 말합니다.

"네가 너무 예민하게 신경을 많이 쓰는 거 아니야?"

"걱정이 많은 편이네."

이렇게 멋대로 단정하고는 "좀 더 긍정적으로 생각하는 게 어때?", "왜 그렇게까지 신경 쓰는 거야?"라고 툭 하니 충고합니다. 그런 반응을 접하면 안 그래도 마음이 무거운데 더욱 울적해지기 마련이지요.

하지만 **그런 걱정은 당신이 지나치게 신경을 써서 생긴 것이 아닙니다.**

당신이 일부러 신경을 쓰는 게 아니잖아요. 오히려 신경을 쓰고 싶지 않은데 자꾸만 신경이 쓰이니까 고민하는 것이겠지요.

물론 생각을 지나치게 많이 하는 것도 아닙니다. 자연스레 생각이 떠오르고 걱정이 되는 것뿐이지요.

고민하지 않을 수만 있다면 고민하지 않고 싶고, 잊을 수 있다면 잊기를 바라는 건 다른 누구도 아닌 당신 자신일 겁니다. 싫어하는 것이나 불안한 감정에 대해 생각하는 것은 여간 힘든 일이 아니니까요.

'지나치게 신경 쓰는 성격을 고치고 싶다', '생각이 너무 많은 나를 바꾸고 싶다'고 바라는 사람이 많은데, **사실 그건 성격의 문제라기보다 '과거의 어떤 일'과 관련된 반응일 가능성이 큽니다.**

　예를 들어 누군가에게 상처 주는 말을 하고 나서 후회해 본 적이 있다면 그다음부터는 상대방에게 상처를 주지 않기 위해 조심해서 말하게 됩니다. 친구나 연인, 소중한 사람이 자신을 떠난 적이 있다면 상대방의 표정이나 반응이 더욱 신경 쓰이겠지요.
　무심코 상처 주는 말을 하지 않도록, 더는 누구에게도 미움을 받지 않도록, 상대방의 마음이 상하지 않도록 신중하게 단어를 선택하게 되는 것입니다.

　한편 과거에 너무 큰 상처를 받은 적이 있다면 사람을 경계하게 됩니다. 상대방이 하는 말에 어떤 숨은 뜻이 있지는 않은지 생각을 거듭하고, 칭찬을 곧이곧대로 받아들이지 못하기도 하지요. 믿었던 누군가에게 실망한다는 게 얼마나 힘든 일인지를 알기에 다른 사람과 어느 정도나 거리를 둬야 하는지 고민합니다.

누군가를 믿고 싶지만 막상 믿으려고 하면 겁이 나고, 믿고 싶으면서도 믿고 싶지 않다는 양극단의 감정이 마음속에서 줄다리기를 하면서 옴짝달싹못하게 됩니다.

'지나치게 신경 쓰는 성격'이라거나 '생각이 너무 많은 편'이라는 평가를 받으면 주눅이 들겠지만 그런 자신을 고쳐야 하는 건 아닙니다. 당신이 신경 쓸 만한 일, 걱정할 만한 일이 실제로 일어났었으니까요.

어떤 감정을 느끼든, 얼마나 침울해졌든 다 괜찮습니다. 모든 감정에는 이유가 있으니까요.
다만, 스스로를 비난하는 일만은 멈추세요. 그렇게만 해

도 지금보다 몸과 마음이 쉽게 피로해지지 않을 겁니다. 당신
은 잘못되지 않았습니다.

지나치게 신경 써도,
생각이 너무 많아도,
다 괜찮아요.

2

자꾸 되돌아보고
후회하는 이유

친구가 새로 산 시계를 보여주며 "이 시계 어때?"라고 물어봐서 "너무 좋네!"라고 대답했다고 해봅시다.

　당신은 친구와 헤어지고 집에 돌아와서 그 대화를 다시 떠올리며 곱씹는 편인가요?

　"너한테 잘 어울려"라고 구체적으로 칭찬했어야 했는데.

　"디자인 괜찮네. 어디서 샀어?"라며 이야기를 더 이어갔어야 했는데.

아니면 선물 받은 것 같으니까 "너무 예쁘다. 남자친구가 선물한 거야?"라고 물었어야 했는데.

이랬어야 했는데 저랬어야 했는데 하며, 이렇게 고민하는 편인가요?

이런 식으로 상대방의 말이나 표정, 그 상황의 분위기를 생생하게 떠올리며 그날 자신이 했던 말을 하나하나 돌아보는 사람이 있습니다.

누군가를 만난 후에 그 순간을 되돌아보며 생각에 잠기는 반성의 시간. 지친 몸으로 집에 돌아와 공허한 마음으로 하루를 돌아보는 반성의 시간. 유독 잠자리에 들어 눈을 감으면 끝도 없이 이어지는 반성의 시간.

이런 반성의 시간에는 생각하면 할수록 후회되는 일만 떠오르기 쉽습니다. 그래서 자기 자신이 싫어지고 마음이 울적해지고 풀이 죽을 때가 많지요.

하지만 **지난 시간을 돌아보며 울적해지는 건 실제로 잘못한 일이 있어서가 아닙니다.**

'말투가 부정적이었나?', '그때 다르게 말했더라면 괜찮았을까?' 하고 고민한다면 그건 당신이 누구보다도 상대방의 마음을 배려하기 때문입니다. 자기만 중요하고 자기만 생각하는 사람은 애초에 그런 고민을 하지 않아요.

당시의 대화를 떠올리며 곱씹는 이유는 당신이 표현을 신중하게 골라가며 말하는 사람이기 때문입니다. 순간순간 적당히 이야기하고 넘겼다면 자신이 어떤 말을 했는지 기억조차 못 할 테지요.

즉, **당신은 마음이 울적해질 정도로 열심히 노력한 것입**니다. 그때도 최선의 선택을 하기 위해 애썼고, 또 앞으로도 잘하고 싶기에 되돌아보고 되짚어보는 것이지요.

상대방을 즐겁고 기쁘게 해주고 싶어서 고민에 고민을 거듭하며 말을 고르는 것. 그것은 아주 훌륭한 태도이자 당신의 장점입니다.

그러니 자신의 노력을 인정해주세요.

돌아보고 또 돌아볼 만큼
당신은 최선을 다했어요.

3

휘둘리고
혼들리고

'부자와 당나귀'라는 유명한 우화가 있습니다.

한 아버지가 아들과 함께 당나귀를 팔러 시장에 가고 있었습니다. 부자가 당나귀를 끌고 걸어가는 모습을 본 한 행인이 "당나귀에 타지 않고 걸어가다니, 어리석기는"이라며 혀를 쯧쯧 찼습니다. 그 말이 맞다고 생각한 아버지는 아들을 당나귀에 태웠습니다.

얼마나 걸었을까요. 이번에는 또 다른 행인이 "나이 든 아버지를 걸어가게 하다니 부끄러운 줄 알아야지"라며 아들을 비난했습니다. 아들은 그 말도 맞다며 당나귀에서 내려 아버지를 당나귀에 타게 했습니다.

그러자 이번에는 "어린 아들은 걸어가게 하고 자기만 타고 가다니, 매정한 아비 같으니"라는 질책이 들려왔습니다. 이 말을 들은 부자는 함께 당나귀에 탔지요.

얼마쯤 더 가자 한 무리의 사내들이 이 모습을 보고 한마디 했습니다. "조그만 당나귀 한 마리에 두 사람이나 타다니. 불쌍하기도 하지. 그렇게 가다간 얼마 못 가서 쓰러질걸. 그러지 말고 차라리 당나귀를 들고 가시오." 이에 아버지와 아들은 당나귀의 다리를 묶어서 기다란 막대기에 끼워 함께 짊어지고 걷기 시작했습니다.

마을 입구 다리 위에 다다랐을 때 사람들이 그 모습을 보고 웃고 떠들며 비웃었지요. 이에 놀란 당나귀가 발버둥을 치는 바람에 당나귀를 묶고 있던 끈이 끊어졌고 당나귀는 그대로 강물에 떨어져 죽고 말았습니다.

결국 부자는 다른 사람의 의견을 모두 다 들으려다가 당나귀를 잃고 만 것이지요.

이 우화에서 부자는 왜 행인들의 지적을 받았을까요? 아버지가 잘못했기 때문일까요? 아니면 아들이 잘못했기 때문일까요? 그것도 아니면 당나귀가 잘못했기 때문일까요?

…… 정답은 '**누구의 잘못도 아니다**'입니다.

누구나 한 번쯤은 다른 사람에게 지적을 받은 적이 있을 겁니다. 그 지적이 합당할 때도 있었겠지요. 하지만 세상에는 다양한 사람이 있고, 당신이 무엇을 어떻게 하든 그걸 못마땅해하는 사람은 늘 있기 마련입니다. 당나귀 등에 아무도 타지 않든, 어린 아들만 타든, 나이 든 아버지만 타든, 둘 다 타든, 그러면 안 된다고 지적하는 사람이 항상 나타나는 것처럼 말입니다.

그러니 **나만은 내 편이 되어서 '수고했어'라고 이야기해주세요.** 당신이 어떤 마음으로 노력해왔는지 가장 잘 아는 사람은 자기 자신이니까요.

스스로에게 '수고했어'라고 말하기가 어색하다면, 자신을 부정하지 않는 것만으로도 충분합니다.

'이 정도는 대단하지도 않지', '누구나 할 수 있는 일이야'라며 자신의 노력을 부정하는 말을 멈추고 **'이건 잘했어', '여기까지는 해냈어'라며 사실을 인정해보는 겁니다.**

자신이 해낸 것을 인정할 줄 알게 되면, 지금까지 열심히 노력해왔다는 사실을 점점 더 진심으로 받아들일 수 있을 거예요. 남들이 뭐라고 하든 말이지요.

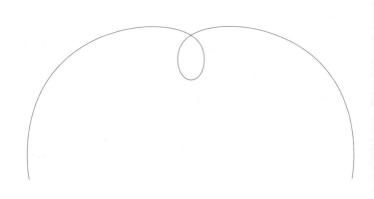

다른 사람이 뭐라고 하든
나만큼은 내게 잘했다고 말해주세요.

4

내 일보다
남 일이
우선인 나

다른 사람에게 의지하고 싶을 때, 버겁고 힘들어서 도움을 받고 싶을 때, 상대방의 이야기를 듣기만 하는 게 아니라 내 이야기도 하고 싶을 때, 아니면 이도 저도 다 귀찮고 아무것도 하고 싶지 않을 때……. 누구에게나 그런 때가 있을 겁니다.

하지만 그렇게 손가락 하나 까딱하기 힘들 때조차 "이건 내가 할게"라며 상대방을 배려해 일을 떠안거나, "무슨 일 있어?"라고 물으며 상대방의 투정을 듣는 데 시간을 할애하거나, "오늘은 아무것도 하지 말고 쉬어"라며 남에게만 너그럽게 대하는 사람이 있습니다.

그런데 혼자서 이것저것 다 해내겠다고 애를 쓰니 마음이 배겨날 수가 있나요. 좋은 마음으로 시작했더라도 문득문득 자신과는 달리 빈둥거리는 사람에게 화가 나고 즐겁게 지내는 사람에게 짜증이 나기도 할 겁니다.

'나는 혼자서 이렇게 노력하고 있는데', '왠지 늘 손해 보는 기분이야' 같은 불만이 차곡차곡 쌓이면 결국 폭발하기 마련입니다. 아마 그런 경험이 누구에게나 한 번쯤은 있을 거예요.

하지만 그런 일이 한두 번으로 끝나지 않고 자꾸 반복된다면 그때는 찬찬히 생각해봐야 합니다. 혹시 내가 **칭찬에 휘둘리고 있지는 않은지를 말이지요.**

'성실하다'는 칭찬을 예로 들어볼게요. '의지가 된다', '믿을 수 있다'라는 말도 마찬가지입니다. 그런 말은 좋은 뜻으로 쓰이지만, 매사에 최선을 다하는 사람에게는 때때로 부담으로 느껴질 수 있습니다. 다른 사람에게 의지하고 싶고, 어리광 부리고 싶고, 사실은 열심히 하고 싶지 않아도 '성실하지 않으면 안 돼'라며 자신을 옭아매게 되는 것이지요.

'착하다'는 말도 부담을 느끼기 쉬운 표현입니다.

'지금의 나로는 부족해', '있는 그대로의 나를 받아주는 사람은 없을 거야'라는 불안을 안고 사는 사람일수록 칭찬의 말에 쉽게 휘둘립니다. 누군가가 싫어지고 미워지면 오히려 '착하지 않은 자신'을 비난하기도 하지요.

어릴 때는 부모의 기분을 살피면서 행동하고, 커서는 가족에게 힘든 일이 생기면 발 벗고 나서는 등 다른 사람을 자기보다 우선시하는 착한 사람은 정작 자기 일은 뒷전으로 미루는 경향이 있습니다.

다른 사람이 해주는 말은 물론 중요합니다. 좋은 말이든 나쁜 말이든 마음에 남기 마련이지요.

하지만 그 말에 스스로가 구속된다면 아무리 좋은 말이라도 내게 도움이 되지 않을 겁니다. 결국에는 그 좋은 말에 갇혀서 스스로 괴로워지고 마니까요.

그러니 **들었을 때 기분 좋은 말은 기억하되, 괴로워지는 말은 잊어버리도록 합시다.**
어떤 말을 지키려고 자기 자신을 뒷전으로 미뤄두지 말도록 합시다.

어떤 칭찬을 소중히 간직할지는
스스로 결정하세요.

5

'아무것도 못 하겠다' 싶은 날

'아무것도 못 하겠다'며 안절부절못하고 걱정하는 사람은 사실, 언제나 뭔가를 하려고 노력하고 열심히 하지 않으면 안 된다는 생각으로 계속해서 움직이는 사람입니다. 정말로 아무것도 하지 못하는 사람, 노력하지 않는 사람은 그런 일로 고민하지 않습니다.

그러니 '아무것도 못 하겠다'며 고민하는 당신은 그것만으로도 이미 노력하고 있는 것입니다.

그런 사람일수록 아무것도 할 수 없겠다 싶은 순간이 찾아오면 '어떻게 하면 행동할 수 있을까'를 고민하기보다 지친 몸과 마음을 어떻게 회복할지를 고민하기 바랍니다.

아무것도 하지 않으며 빈둥거리기, 게임하기, 만화책 읽기, 유튜브 보기, 좋아하는 연예인의 영상 보기 등 회복을 위한 방법은 많을수록 좋습니다.

평소에 매운 음식을 좋아하더라도 위가 아플 때는 그런 음식이 당기지 않죠. 몸이 먼저 그런 음식을 거부합니다.

마찬가지로 몸과 마음의 상태에 따라 힘을 얻을 수 있는 방법이 달라집니다. 기운이 넘치고 평소와 다르지 않을 때라면 뭘 해볼까, 어떻게 하면 잘할 수 있을까 고민하고 실천하면서 기운을 얻겠지만, 아무것도 못 하겠다 싶은 때라면 이야기가 달라집니다.

기진하여 아무것도 할 수 없을 때 어떤 생각이 드나요. 어떻게 하면 행동할 수 있을까, 왜 아무것도 못 하고 있는 건가 고민하면서 스스로를 몰아세우나요? 아니, 그러지 마세요. 오히려 최선을 다해 아무것도 하지 않으려고 노력해보세요.

아무것도 할 수 없는 때가 찾아왔다고 해서 뭔가 잘못된 게 아니고, 그런 상태가 이어질 때도 있는 법입니다.

'아무것도 못 하겠다'는 마음은 '지금은 쉬어야 할 때야!' 라는 신호입니다. 몸이 보내는 긴급 명령입니다.

'좀 더 할 수 있어'라며 무리하거나 '내가 해야 해'라며 혼자서 일을 떠안는 당신에게 몸이 경고하는 것인지도 모릅니다.

그러니까 우선 '아무것도 못 하겠다'는 마음이 '아무것도 하고 싶지 않다'로 바뀔 때까지 쉬어보세요. 그러다 보면 '하려고 하면 할 수는 있겠지만 여전히 아무것도 하고 싶지 않다'는 마음으로 바뀌게 될 것입니다. 여기까지 왔다면 그건 몸이 조금은 회복되었다는 신호지요.

그때 뭔가를 시작하고 싶은 마음이 들더라도 꾹 참고 계속 쉬는 것이 중요합니다. 아직은 때가 아니니 조금만 더 기다리세요. 그러면 어느새 몸과 마음이 완전히 회복되는 때가 오고, '뭔가 하고 싶다'는 의욕이 싹트기 시작할 것입니다.

초조한 마음에 뭐든 해야 할 것 같은 때일수록 서두르지 않는 것이 중요합니다. 초조할 때는 자신 이외의 타인이나 다른 뭔가에 쉽게 영향을 받기 때문입니다.

아무것도 할 수 없는 때가 찾아오면 마음이 힘들고, 괴롭고, 살아야 하는 이유를 몰라 울고 싶어지기도 하고, 자신이 가치 없는 존재 같아서 불안해지기도 할 겁니다. 하지만 이 시간에는 다 의미가 있습니다.

지금까지 제대로 쉬지 못했던 당신에게 편히 쉬라고, 그래도 된다고 몸이 하는 말을 잘 들어주세요. 그것만 해도 충분히 훌륭합니다. 이 시간은 분명 당신에게 도움이 됩니다.

아무것도 할 수 없을 때는
아무것도 하지 않아도 괜찮아요.
그것만으로 충분해요.

6

사는 게
편해지는
다섯 가지 법칙

1. '이것밖에 못 했어'가 아니라 '이건 해냈어'라고 생각한다.

2. 기분이 안 좋아지는 정보는 보거나 듣지 않는다.

3. 부정적인 이야기만 하는 사람과 거리를 둔다.

4. 다른 사람과 비교하지 않는다.

5. 기운이 완전히 떨어지기 전에 휴식을 취한다.

쉽게 지치고 사는 게 버겁다고 느끼는 사람들 대부분은

이 다섯 가지 법칙과 정반대로 행동하는 경우가 많습니다.

그런 방식이 잘못됐다고 이야기하려는 게 아닙니다.

쉽게 지치는 것도, 사는 게 버거운 것도, 일이 잘 풀리지 않는 것도, **당신의 성격 탓이거나 노력 부족 때문이 아니라는 걸 알려주고 싶습니다.**

자기 부정이 강할수록 살아가기가 버겁고 고통스럽습니다.

자신을 비난하는 횟수가 많을수록 고민은 늘어만 갑니다.

그러니 앞서 소개한 다섯 가지 법칙대로 행동하지 않았다고 해서 스스로를 비난하거나 부정하지 않기를 바랍니다. 아무리 좋은 이야기를 듣고 훌륭한 방법을 실천한다 해도 자신을 비난하고 부정한다면 마음이 편안해질 수 없으니까요.

마음이 편안해지려면 자신이 못하고 있는 것이 아니라 잘하고 있는 것을 찾아야 합니다. 『월리를 찾아라!』라는 책이 있지요. 월리를 찾겠다는 일념으로 우리는 눈에 불을 켜고 숨어 있는 월리를 찾아냅니다. 처음에는 전혀 보이지 않지만 계속해서 바라보고 있으면 안 보이던 월리가 어느새 눈에 확 들어오지요.

이처럼 **우리 뇌는 자신이 찾으려고 마음먹은 것을 찾아내는 경향이 있습니다.**

그러니 애써 잘못을 찾아내기보다 잘하는 것, 좋은 점을 찾아내보세요. 자신에 대해 그러기가 쉽지 않다면 좋아하는 연예인이나 어린아이의 장점을 찾는 눈으로 스스로를 바라보면 도움이 됩니다.

예를 들어 당신이 앞서 소개한 다섯 가지 법칙 가운데 하나도 실천하고 있지 않다는 걸 알았다고 해봅시다. 그럼 그걸 깨달았다는 것 자체가 잘해낸 일 중 하나가 되는 것이지요.

다섯 가지 법칙 중 하나라도 실천했다면 그것 역시 물론 잘해낸 일입니다.

법칙을 하나도 실천하고 있지 않더라도 스스로를 비난할

필요가 없어요.

다섯 가지 법칙과 정반대로 행동하면서도 당신은 지금까지 잘 살아왔으니까요. 그건 아주 대단한 일입니다. 그러니 자신의 노력을 인정하고 열심히 살아온 자신을 칭찬해주세요.

다섯 가지 기술을 실천하는 것보다 중요한 건 그렇게 하지 못한 자신을 비난하거나 부정하지 않는 것입니다.

자신을 비난하고 부정하는 대신 **자신의 노력을 인정하고 '수고했어'라며 칭찬해주세요.**

못하는 일이 아니라
잘하고 있는 일을 찾아보세요.

마음이 불안할 땐
달콤한 간식을

'어떡하지…….'
'난 항상 이 모양이라니까…….'

자꾸만 불안한 마음이 밀려온다면 그건 세로토닌이 부족하다는 신호입니다.

세로토닌은 우리 뇌에서 분비되는 신경전달물질 중 하나로, 도파민(기쁨, 쾌락)이나 노르아드레날린(공포, 놀람)의 작용을 통제해 마음을 안정시키는 역할을 합니다.

세로토닌의 분비량이 줄어들면 도파민과 노르아드레날린의 균형이 깨져

•
수고했어,
오늘도

서 공격성이 커지거나 쉽게 짜증이 나기도 하고, 그와 반대로 불안이나 우울 같은 증상이 생기기도 합니다.

그런 상태를 방치하고 견디기만 하면 스트레스가 계속 쌓일 수밖에 없습니다. 그럼 더더욱 짜증이 나고 힘들어지겠지요. 악순환입니다.

'조금 짜증이 나네.'
'왠지 답답해.'
'갑자기 불안해.'

그런 마음이 든다면 얼른 알아채고 스스로에게 달콤한 간식을 선물해보세요. 지친 마음을 회복시켜보는 겁니다.

달콤한 간식은 세로토닌의 분비를 촉진합니다. 초콜릿이나 쿠키 한 입으로도 효과를 볼 수 있습니다. 그러니 가방이나 서랍 속에 간식을 하나씩 준비해두는 것을 추천합니다.

감기와 마찬가지로 세로토닌 분비량의 저하 역시 빠르게 대처하는 것이 중요합니다.

'왜 이러지?' 싶은 순간이 찾아오면 달콤한 초콜릿을 입에 넣어보세요. 아주 간단하지만 마음 회복에 의외로 효과가 좋답니다.

그 어떤 나라도,
나는 내가 참 좋아

무엇을 해야 할지 모르겠을 때는,
아무것도 하지 말고 우선 생각을 멈춰보세요.

그 정신적 고요함이
당신을 회복의 길로 데려다줄 거예요.

7

의욕 하나 없는
내가
이상한 걸까

아무것도 하고 싶지 않고, 도통 의욕이 생기지 않을 때 SNS를 본 적이 있나요? 어째 나만 빼고 모두들 빛나 보이지 않던가요? 다들 멋지게 일하고, 멋들어진 공간에서 환하게 웃고 있어서 내가 더 초라하게 느껴지지 않던가요? '다들 이렇게 열심히 사는데', '난 왜 이렇게 의욕이 없을까', '이런 내가 싫어'라며 자신을 비난한 적이 있지 않나요?

하지만 의욕이란 대단한 게 아닙니다.

의욕은 행동을 시작하면 생기는 법입니다.

그러니 의욕이 없다고 실망할 이유가 전혀 없습니다. 의욕이 없는 상태가 오히려 평상시 상태니까요.

지금부터 의욕을 샘솟게 하는 세 가지 요령을 소개하겠습니다. 그렇다고 해서 어떻게든 의욕을 만들어내야 한다면서 자신을 몰아세우지 않기 바랍니다. 어디까지나 '만약을 위해 미리 알아두자'라고 가볍게 생각하고 기억해두면 됩니다. **의욕이 있든 없든 우리는 잘 살아갈 수 있으니까요.**

첫 번째 요령.

진심으로 하고 싶은 일인지, 솔직히 그렇게까지 하고 싶은 일은 아닌지 분명히 분별합니다.

어떤 일을 떠올리면서 "나는 ○○을 정말 하고 싶어!"라고 소리 내 말해봅니다. 그때 마음이 후련해진다면 그 일은 진심으로 하고 싶은 일일 겁니다. 진심으로 의욕을 갖고 하고 싶은 일인 것이지요. 그와 반대로 마음이 답답하고 왠지 불편하다면 사실은 그렇게까지 하고 싶은 일은 아닐 가능성이 큽니다.

두 번째 요령.

진심으로 하고 싶은 일이라면 '○월 ○일 ○시부터'라고 일정을 딱 정해놓거나 지금 바로 '자, 이제 해보자!'라며 힘을 내 시작해보세요.

반대로 사실 그렇게까지 하고 싶은 일은 아니라면 스윽 가볍게 시작해봅니다. '슬슬 해볼까' 하는 식으로 느슨하게 생각하는 것이지요. 한 시간 후에 자신이 정말 싫어하는 사람과 밥을 먹어야 하는데 '좋아, 지금 당장 준비해야지!'라고 마음먹기는 어렵습니다. 그렇게 무리하게 힘을 내려고 하면 싫은 마음이 더욱 커질 뿐이지요. 그러니 '어쩔 수 없이 시작은 해보는 거야' 하는 식이면 충분합니다. 억지로 의욕을 내려고 애쓰지 말고 적당히 해본다는 마음가짐으로 시작해보세요.

세 번째 요령.

의욕을 불러일으키는 마법의 단어가 있습니다. **바로 '일단'입니다.**

하고 싶은 일이나 해야 하는 일이 거창하게 느껴질수록 첫발을 떼기가 어려운 법입니다. 그때는 하고자 하는 일을 잘게 쪼개서 가장 쉽고도 간단한 일부터 '일단' 시작하면 됩니다.

아직 준비를 해야 하는데 의욕이 생기지 않는다면 '일단 컴퓨터를 켜고 구인 정보를 검색하자', 영단어 실력을 늘리고 싶은데 엄두가 안 난다면 '일단 책을 펴자' 하는 거죠. 의욕이 없을 때는 일단 당장 할 수 있는 작은 일부터 시작해보세요.

의욕이 없다고 걱정할 것 없어요.
일단 시작하면 의욕은 생기기 마련이니까.

8

뭘 해도
스트레스가
풀리지 않는 날

"남편과 사이가 나빠서 스트레스가 심해요."

"회사에 불편한 사람이 있어서 얼굴을 보는 것만으로도 스트레스예요."

"제대로 되는 일이 하나도 없어요. 저는 왜 이러죠? 정말 스트레스받아요."

심리 상담에는 이런 식의 스트레스를 안고 있는 사람이

많이 찾아옵니다. 여행, 쇼핑, 요가, 필라테스, 심리학, 자기계발, 산책, 명상 등 이것저것 시도해봤지만 뭘 어떻게 해도 스트레스가 풀리지 않는다고 고민하는 사람도 적지 않습니다.

매사에 최선을 다하는 사람일수록 지금 안고 있는 스트레스를 어떻게든 처리해야 한다고 생각하면서 이런저런 방법을 찾아보고, '무엇을 해야 할까', '어떻게 해야 할까'라며 뭐든 실행해보려고 하지요.

하지만 뭔가를 하는 것만이 스트레스를 해소할 수 있는 방법은 아닙니다.

특히 지금까지 뭔가를 함으로써 스트레스를 풀려고 노력해온 사람에게는 오히려 아무것도 하지 않는 것이 가장 좋은 스트레스 해소법일 수 있습니다.

스트레스란 몸과 마음이 긴장된 상태입니다.

따라서 아무것도 하지 않고 가만히 있거나 느긋하게 쉼으로써 긴장으로 곤두선 몸과 마음을 이완시키는 것이 도움이 될 때가 많습니다.

지금부터 아무것도 하지 않으며 보내는 하루를 상상해보세요.

모처럼 생긴 휴일인데 가만히 있기 아깝다는 생각이 드나요? 왠지 외톨이가 된 것처럼 느껴지거나 이렇게 시간을 보내도 되나 싶어서 불안한가요?

그렇게 느끼는 사람일수록 아무것도 하지 않는 휴일이 꼭 필요합니다.

아깝다는 생각이 들거나 불안함을 느끼는 사람은 지금까지 '뭐든 해야 해'라는 생각으로 끊임없이 노력해왔을 테니까요. 쉴 새 없이 달려오느라 긴장된 몸과 마음을 충분히 풀어주세요.

아무것도 하지 않는 데에 죄책감을 느낀다면 '아무것도 하지 않기'를 아예 일정에 포함시키는 것도 방법입니다. '스트레스를 풀기 위해 아무것도 하지 않는다'는 계획은 '○○을 한다'는 계획과 마찬가지로 훌륭합니다.

약속이 깨지는 건 슬픈 일이지요.

그러니 '오늘은 아무것도 하지 않는다'라고 정했다면 자신과의 약속을 제대로 지켜주세요.

아무것도 하지 않고 느긋하게 시간을 보냈다면 그건 자신과의 약속을 잘 지킨 것이고, **일정을 성실하게 수행한 것입니다.**

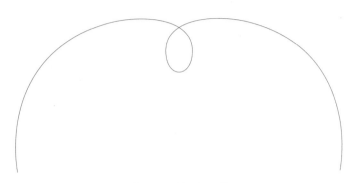

아무것도 하지 않는 날도 소중해요.

9

별로
한 일도 없는데
왜 이렇게
피곤하지?

이런 말을 하는 사람이 많습니다.

"아무것도 안 했는데 왜 이렇게 피곤하죠?"

하지만 아무것도 하지 않았는데 피곤할 리 없습니다.

지금 피로함을 느낀다면 그건 뭔가를 열심히 했기 때문입니다. 자신이 노력했다는 걸 알아차리지 못하는 것일 뿐, 실제로는 애를 썼으니 피로해지는 것이지요.

열심히 일하거나 몸을 많이 움직였을 때만 피곤해지는 건 아닙니다.

뭔가에 대해 끊임없이 생각하는 것도 행동하는 것만큼이나 에너지를 소모하는 일입니다. 즐거운 일이 아니라 불안하고 걱정되는 일에 대한 생각이라면 더더욱 그렇지요.

우리의 뇌는 '모르는 것'을 불쾌하게 여기고 그 불쾌감을 어떻게든 해소하기 위해 계속해서 파고드는 경향이 있습니다.

고민의 대상이 수학이나 국어처럼 답이 정해진 문제라면 다행이지만, 인간관계처럼 정답이 없는 문제라면 골치 아픈 일입니다. 정해진 답이 없는데도 불안을 해소하기 위해 정답을 찾아 계속해서 생각을 이어가기 때문입니다.

그러니까 자고 있을 때도, 멍하니 시간을 보낼 때도, 스마트폰만 보며 하루를 보낼 때도 피로해지는 것이지요.

아무것도 하지 않았는데 피곤하다는 건 걱정거리나 고민거리가 많아 벅차다는 신호입니다. 그러니 아무것도 하지 않는다고 자신을 비난해서는 안 됩니다. 아무것도 안 한 게 아니라 오히려 지칠 정도로 성실하게 생각을 한 것이니까요.

이런 이야기를 들어도 '생각만 한 거지 실제로 바뀐 건 없잖
아', '행동하지 않으면 아무것도 안 한 거나 마찬가지야'라며
더더욱 자신을 몰아세우는 사람이 있을 겁니다.

아무것도 하지 않는 데에 죄책감을 느끼는 것은 지금껏
'뭔가를 해야 한다'는 의무감을 짊어지고 살아왔기 때문이겠
지요.

분명 무슨 일이든 잘하는 사람, 누군가에게 도움이 되는
사람이 되기 위해 엄청나게 애쓰며 살아왔을 것입니다.

아무것도 하지 않을 때 자신이 잘못하고 있는 것처럼 느
껴진다면 '현재 나에게 꼭 필요한 시간'을 보내고 있다고 생
각을 바꿔보세요.

아무것도 하지 않아서 초조해진다면 '필요한 순간에 행동

할 수 있도록 준비하는 시간'이라고 생각해보세요.

걱정할 것 없습니다. 지금까지 열심히 노력해왔으니 몸과 마음의 회복을 위해 아무것도 하지 않는 시간도 필요한 법입니다.

아무것도 하지 않는 상태에 조금씩 익숙해져보세요. 지금껏 부담감을 안고 쉴 틈 없이 달려온 당신에게 마음놓고 휴식할 수 있는 시간을 허락해주세요. 그렇게 하면 분명 지금보다 힘차게 지낼 수 있는 날이 늘어날 거예요.

필요한 순간에 최선을 다할 수 있도록
지금은 온전히 충전하는 시간.

10

몸이 마음처럼
안 따라주는
내가 미울 때

컨디션이 안 좋아서 힘들 때 누군가 이렇게 말했다고 해봅
시다.

"고작 이 정도 일로 아프다니!"

이런 말을 들으면 누구라도 충격을 받지 않을까요?

"모두 열심히 하고 있는데 뭐 하는 거야?"

"힘든 건 다 마찬가지야."

누군가 이렇게 말하며 이해가 안 된다는 표정을 지으면

속도 상하고 더 주눅이 들겠지요.

한술 더 떠서 "몸 관리를 제대로 못 한 거 아냐?"라는 지적을 당하면 더욱 괴로워질 겁니다.

그런데 사실 이런 말을 가장 많이 하는 사람이 당신 자신은 아닌가요?

'이 정도 일로', '다들 애쓰고 있는데', '몸 관리를 못 했어'라고 스스로에게 쓴소리를 하고 있지 않나요?

그런 식으로 **스스로를 비난하면 남에게 비난받았을 때와 마찬가지로 마음에 상처를 입습니다.**

컨디션이 안 좋은 것은 당신 잘못이 아닙니다. 아무리 신경을 써도 몸이 아플 수 있지요. 그건 누구에게나 일어날 수 있는 일입니다. 모두가 열심히 하고 있는데 나만 힘을 내지 못할 때가 있는가 하면, 다들 집중하지 못하는데 나 혼자 노력할 때도 있는 법이지요. 이럴 때도 있고 저럴 때도 있는 게 당연합니다.

아직은 참을 만하지만 이대로 계속하다가는 힘들어질 것

같다 싶으면, 의식적으로 '노력하지 않는 시간'을 갖는 게 좋습니다. 해야 할 일을 포기하라거나 약한 소리를 하라는 말이 아닙니다. 자신의 한계를 알고 현명한 결정을 내리라는 뜻입니다.

컨디션이 안 좋을 때 스스로를 비난하게 된다면 다음과 같은 사고방식을 활용해 조금이라도 죄책감을 덜어보기 바랍니다. 사고방식에는 정답이나 오답이 없습니다. 내 마음을 편하게 만들어주는 사고방식이 최선입니다.

- **내가 쉬면 다른 사람이 피해를 입는다는 생각이 든다면**

    다른 사람에게 피해를 주지 않으려고 무리를 하는 책임감 강한 사람일수록 '지금 쉬어두자'라고 생각해보세요. 이대로 계속 무리한다면 언젠가는 쓰러져서 더 큰 피해를 주게 될지도 모르니까요.

- **쉬는 것 자체에 죄책감이 든다면**

　매사에 최선을 다하는 사람은 쉬는 데 익숙하지 않습니다. 모처럼 시간을 내서 쉬어도 왠지 마음이 편치 않지요. 그럴 때는 '이렇게 쉬어야 다시 힘을 낼 수 있어', '휴식 시간은 다음을 위해 준비하는 시간이야'라고 생각해보세요.

- **스스로를 비난한다면**

　힘들 때 비난을 받으면 더욱더 기운이 빠지기 마련입니다. '이렇게 처져 있어선 안 돼'라며 자신을 비난하는 사람이라면 그 상태에서 빨리 빠져나올 수 있도록 '지금은 무엇보다 휴식이 필요해'라고 생각해보세요. 그래서는 안 되는 시간이 아니라 반드시 그래야만 하는 시간이라고 스스로에게 조곤조곤 말을 건네는 겁니다.

　그 어느 때라도 휴식은 필요하지만, 특히나 컨디션이 안 좋다면 그때만큼은 **좋아하는 것을 보고, 듣고, 먹고, 마시며 지내세요.**

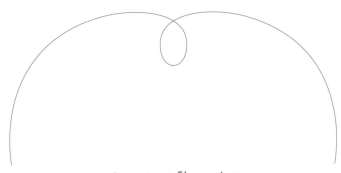

느긋하게 쉬어야 할 때도 있어요.

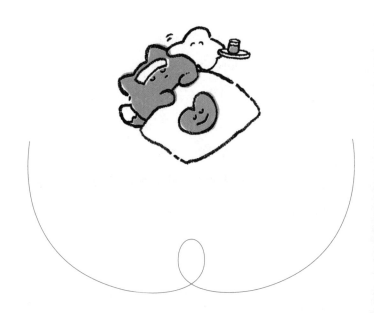

11

내가 웃는 게
웃는 게 아니야

몸과 마음은 이어져 있습니다.

마음이 표정으로 드러나기도 하지만, 역으로 의식적으로 만들어낸 거짓 표정이 마음에 영향을 주는 일도 적지 않지요.

의학계에서는 '억지로라도 웃는 편이 좋다', '웃으면 면역력이 높아진다'라는 의견이 정설로 받아들여집니다.

자기계발서, 유명인의 잡지 인터뷰, SNS 등에서도 웃음의 효과를 이렇게 이야기하지요.

'웃는 얼굴이 행복을 끌어당긴다.'

'즐겁지 않더라도 웃으면 기운 내는 데 도움이 된다.'

'운이 없어서 웃지 못하는 게 아니라 웃지 않으니까 운이 없는 것이다.'

'힘들고 괴로울 때일수록 웃자.'

이렇듯 웃음이 긍정적인 효과를 내는 것은 사실입니다. 그러니 당신이 '자신을 위해서' 의식적으로 웃고 있다면 그건 그것대로 좋은 일입니다. 웃음의 효과를 부정할 의도는 전혀 없습니다.

하지만 '누군가를 위해서' 억지로 웃는다면 그건 그만두는 게 좋습니다.

미움받지 않기 위해, 이상한 사람으로 보이지 않기 위해, 상대를 기분 나쁘게 하지 않기 위해, 화를 돋우지 않기 위해 억지로 웃을 때가 있나요?

누군가를 위해서 내키지 않는 웃음을 짓다 보면 당신 마음에는 조금씩 상처가 날 겁니다. 자신의 진짜 감정을 속이고 숨기는 동안 조금씩 우울감이 쌓일 수 있습니다. 분위기를 맞춰주려고 다른 사람들을 따라 웃다 보면, 혼자 있을 때는 전혀 웃지 못하게 될 수도 있지요.

진심으로 웃는 게 아니라 웃는 얼굴이라는 가면을 쓰고 있으면 무엇을 위해서 웃는지, 정말 즐거워서 웃는지, 주변 사람들에게 맞춰주는 것일 뿐인지 나조차도 내 기분을 점점 알 수 없게 됩니다.

웃는 것은 잘못이 아닙니다.
억지로 웃는 것도 잘못이 아닙니다.
어쨌든 웃음이란 본디 몸과 마음에 힘을 주니까요.
다만 '누구를 위해서' 그리고 '무엇을 위해서' 웃는지가 중요합니다.

다른 사람을 위해 자신의 마음을 소홀히 하고 있지는 않은지 생각해보세요.

웃는 얼굴은 자신을 위해서 만들기 바랍니다.

그 어떤 나라도,
나는 내가 참 좋아

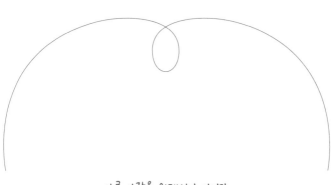

다른 사람을 위해서가 아니라
나를 위해 웃어요.

12

할 수는 있지만
하고 싶지 않아

해야 하는 일을 할 수 있다는 건 대단한 일입니다.

누군가를 위해서 뭔가를 할 수 있다는 것 역시 멋진 일이지요.

하지만 '나만 애쓰고 있잖아', '늘 손해 보는 것 같아', '기껏 해줬더니' 하고 불만이 싹트기 시작했다면 주의해야 합니다. 작은 불만이 짜증으로 바뀌고 짜증이 분노로 변해 당신을 괴롭힐 수 있기 때문입니다.

나만 부담을 짊어지고 있다는 생각이 든다면 일단 멈추세요. '해야 한다', '하지 않으면 안 된다', '해주고 싶다'는 마음을 모두 내려놓으세요. 좋은 의도로 시작했어도 괴로움이 커지면 처음의 그 마음까지 퇴색할 수 있습니다.

이런 말을 들어도 지금까지 열심히 노력해온 사람이 할 수 있는 일을 하지 않기는 어려울 것입니다. 다른 사람에게 불성실하다는 오해를 받을 수도 있고, 자신을 비난할 수도 있고, 잘못을 저지르는 것 같아 죄책감에 휩싸이기도 하겠지요.

하지만 할 수 있다고 해서 반드시 해야 하는 것은 아닙니다.
할 수 있는 일은 반드시 해야 한다고 믿으며 모든 일을 하려고 하면 당신의 몸과 마음은 결국 망가지고 말 것입니다.

할 수는 있지만 하지 않는다. 얼마든지 그럴 수 있고 그래야 하는 때가 있습니다. 그건 게으름을 피우는 게 아니라 컨디션을 관리하는 하나의 방법일 뿐입니다.

　뭐든 다 떠안으려 한다면 몸과 마음의 에너지는 완전히 소진되고 맙니다.

　할 수 있는 일을 하지 않을 때 죄책감이 느껴진다면, 그건 뭔가를 하지 않는 데 익숙하지 않아서일 따름입니다. 그러니 할 수 있어도 하지 않는 데에 조금씩 익숙해지세요. 할 수 있다고 해서 무턱대고 다 하려고 하면 결국에는 감당하기에 버거운 날이 찾아올 수밖에 없습니다.

주변 일에 신경을 쓰지 말라는 이야기가 아닙니다.

　눈치는 빤한데 주변 상황에 신경을 쓰지 않으려면, 현재 어떤 일이 있는지 자연스레 알아차린 후에 '신경 쓰지 않기'라는 일을 새로 추가해야 합니다. 그러면 해야 할 일이 하나 더 늘어나는 셈이니 더욱 피로해지겠지요.

당신은 자신을 둘러싼 상황을 파악할 줄 알고, 다른 사람을 배려할 줄 알며, 하려고 마음만 먹으면 뭐든 할 수 있는 사람인가요?

그런 사람일수록 해야 할 일이 무엇인지 알아차린 후에 곧바로 행동하기보다 '할지 말지' 생각해보기 바랍니다.

가장 좋은 방법은 '무엇을 해야 하는지 알아차리더라도 하지 않는 날'을 정하는 겁니다.

'오늘은 해야 할 일이 보여도 하지 말자' 하고 미리 정해두면 할지 말지도 고민하지 않아도 되니까요.

'안 하는 날'을 정해두세요.

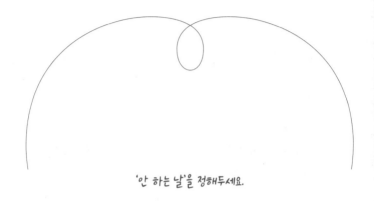

할 수 있어도 안 하는 날

13

이럴까 저럴까
왜 이렇게
고민될까

이직을 할지 말지 고민하는 사람은 많지만 대통령이 될지 말지 고민하는 사람은 별로 없습니다.

모바일 게임을 하면서 아이템을 살지 말지 고민하는 사람은 많지만 게임회사를 인수할지 말지 고민하는 사람은 거의 없지요.

이번 달 전기요금이 얼마나 나올지 걱정하는 사람은 많지만 전 세계 에너지 소비량이 얼마나 될지 걱정하는 사람은 드

묻니다.

　이렇듯 우리는 자신과 직접적으로 관련이 있는 것에 대해서만 고민합니다. 그중에서도 특히 실현 가능성이 있는 일에 대해서 고민하지요.

고민거리가 많다는 것은 그만큼 많은 가능성이 있다는 뜻입니다.

하지만 계속 고민만 할 수는 없지요. 결단이 필요한 순간도 찾아옵니다.

　지금부터 뭔가를 결정할 때에 도움이 되는 기준점을 상황별로 소개해보겠습니다.

• 지쳐 있을 때

　지쳐 있을 때는 깊이 생각하지 않고 익숙한 선택지를 고르기 쉽습니다. 하지만 그럴 때일수록 '가장 힘들지 않은 쪽'

을 의식적으로 선택해야 합니다. 그것이 결과적으로 버겁고 힘겨운 상황을 마주치지 않는 길입니다.

'어떻게 해야 하나', '어느 쪽이 좋을까'를 생각하기보다 '어느 쪽이 편할까'를 고려해 선택하세요.

예를 들어 몸이 피곤할 때 집에서 밥을 해 먹을지 밖에서 사 먹을지 고민이라면, 밖에서 사 먹는 쪽을 택하는 식이지요.

• 자기다움을 알지 못할 때

가슴이 두근거리는 것, 재미있어 보이는 것, 좋아하는 것을 고릅니다. 그게 뭔지 모르겠다면 '싫어하는 것'을 제외한 후에 골라보세요. 그렇게 하면 조금 더 설레고 즐겁고 좋아하는 것을 고르기 쉬울 거예요.

• 자신만의 기준이 없을 때

'다른 사람을 신경 쓰지 않아도 된다면, 누구도 나를 비판하지 않는다면, 아무도 보고 있지 않다면 나는 어느 쪽을 선택하고 싶은가'를 생각해보세요. 조금이나마 본래의 자신이 원하는 바와 가까운 결정을 내릴 수 있을 겁니다.

이와 같은 기준으로 고민한 후에도 결정을 내리고 행동하지 못했다고 해도 걱정할 것 없습니다. 다 괜찮습니다. **'내가 진짜로 선택하고 싶은 것'**에 대한 나의 본심을 아는 것이 무엇보다 중요하니까요.

   당신 앞에는 다양한 가능성이 펼쳐져 있고, 자신이 정말로 원하는 것을 찾아 하나씩 선택하는 동안 자기 색깔이 또렷해지는 것을 발견할 수 있을 거예요.

가능성이 있으니까 고민하는 거예요.

14

있는 그대로의
나를
좋아할 수 없다면

좀 더 강하면 좋을 텐데.

좀 더 아름다우면 좋을 텐데.

좀 더 친절하면 좋을 텐데.

좀 더 일을 잘하면 좋을 텐데.

좀 더 성실하면 좋을 텐데.

좀 더 똑똑하면 좋을 텐데.

이러면 더 좋을 텐데, 저러면 더 좋을 텐데 하고 자꾸 내게 뭔가를 바라게 되나요?

'좀 더' 하고 바라는 건 당신이 그것을 포기하지 않았기 때문입니다. 그러니 **'좀 더' 나아지기를 바라는 마음은 매우 발전적이고 훌륭하다고 볼 수 있어요.**

하지만 '좀 더'라는 바람은 마음 상태에 따라 긍정적으로 작용하기도 하고 부정적으로 작용하기도 합니다.

'있는 그대로의 나로도 충분해. 하지만 좀 더 ○○하면 좋을 것 같아.'

이런 상태라면 긍정적으로 작용할 겁니다. 현재의 자신을 인정한 상태에서 앞으로 되고 싶은 이상향을 바라보는 것이므로, 그 바람이 이루어지면 지금보다 내가 더 좋아지겠지요.

그렇다면 이런 마음 상태는 어떤가요.

'있는 그대로의 나로는 부족해. 그러니까 좀 더 ○○해야 해.'

이럴 때는 '좀 더'라는 바람이 부정적으로 작용합니다.

현재의 자신으로는 안 된다는 자기 부정이 밑바탕에 깔려 있으니, 그런 바람이 더 부담으로 느껴집니다.

'좀 더 일을 잘하면 좋을 텐데'라고 바라는 상황을 생각해봅시다.

지금의 나를 부정한다면 열심히 노력해서 맡은 일을 잘 해내고 주위의 인정을 받아도, 만족은 찾아오지 않을 겁니다. 좀 더, 좀 더 하고 끝도 없이 더 바라게 되지요. 나아가 '일을 못하는 나는 가치가 없어', '앞으로 이만큼 해내지 못한다면 다들 내게서 멀어질 거야'라며 지금까지와는 또 다른 불안과 두려움을 느끼게 될지도 모르지요.

애써 바람을 이루어도 현재의 자신을 인정하지 못한다면 또 다시 괴로움 속에 자신을 몰아넣고 말 겁니다.

그러니 우선 지금의 나를 있는 그대로 받아들이고 인정하는 데서 시작해봅시다.

다른 사람보다 월등히 뛰어나지 않아도, 마음속에 삐뚤어진 면이 있어도, 일을 하다 가끔 실수를 해도, 사소한 일을 자주 깜빡해도, **'그게 바로 나'라고 받아들이는 것부터 말입니다.**

그런 바탕 위에서 '좀 더'라는 바람을 이뤄야 자신감을 키울 수 있습니다.

좀 더 나아지기를 바라는 건 멋진 일이죠.
그러니 우선은 '지금의 나'를 인정해주세요.

15

아직은
괜찮아

매사에 최선을 다하는 사람은 다른 사람과 피로의 역치가 다릅니다. 그런 사람이 '아직은 괜찮아'라고 느끼는 상태는 보통 사람이 '이제 한계야', '더는 못 하겠어'라고 느끼는 상태와 비슷합니다.

　그러니 당신의 상태를 잘 헤아려야 합니다. '아직 더 노력할 수 있어'라고 생각해도 실은 이미 너무 많이 애써왔을 수 있습니다. '좀 더 할 수 있을 것 같은데'라고 생각해도 그쯤에서 멈추는 편이 나을 수 있어요. '아직은 괜찮아'라고 생각해도 사실은 전혀 괜찮지 않을 수 있으니까요.

이런 이야기를 하면 "저는 그렇게 성실한 사람은 아니에요", "오히려 노력이 부족한 편인데요"라고 대답하는 사람들이 있습니다.

하지만 '아직은 괜찮아'라고 느낀다면 당신은 매사에 최선을 다하는 사람이 맞습니다. 아마 스스로 생각하는 것보다 훨씬 더 많이 노력하고 있을 겁니다. 지금까지 몇천 명을 대상으로 심리 상담을 했는데, **'아직 괜찮다'고 생각하는 사람 가운데 열심히 노력하지 않는 사람은 본 적이 없습니다.**

정말로 괜찮은 상태인지 아닌지 확인할 수 있는 방법이 하나 있습니다.

바로 거울을 사용하는 것입니다.

거울에 비친 자신의 얼굴이 '즐거울 때의 표정(컨디션이 좋을 때의 얼굴)'인지 확인해보세요. 만약 한계에 다다른 상태라면 거울 속 얼굴이 왠지 슬퍼 보이기도 하고 피곤함이 묻어나기도 할 겁니다. 웃음이 어색해 보이거나 금방이라도 울 것처럼 보이기도 할 거고요.

이때 주의할 점이 있습니다. 거울 속 표정 변화는 자기밖에 눈치채지 못할 수 있습니다. 다른 사람 눈에는 평소와 다름없어 보이거나 생기 있어 보일 수 있어요.

그러니 다른 사람이 알아차리고 먼저 말을 걸어주기를 기다리지 마세요. 그러다가는 그 전에 당신이 먼저 쓰러질 수 있습니다. 남들 눈에 보이는 내가 아니라 내 눈에 보이는 내가 기준입니다. 그 모습에 주의를 기울여야 합니다.

지금까지 당신 곁에서 늘 함께해온 사람은 다른 누구도 아닌 바로 당신입니다. 가족도 친구도 동료도, 그 어떤 사람이라도 당신과 늘 함께하진 않아요. 오로지 나만이 언제나 나와 함께입니다.

내 마음의 변화를 세심하게 알아차릴 수 있는 사람도 나뿐입니다. 마음의 날씨가 맑고 화창한지, 먹구름이 몰려오고 있는지 감지할 수 있는 건 세상에 오직 나 하나죠. 마음의 변화가 감지된다면 '쉬어도 돼', '쓰러지기 전에 쉬어가자'라고 먼저 말해주세요.

늘 애쓰는 당신이 '아직은 괜찮아'라고 느끼는 단계에서 쉰다고 해서 그런 당신을 나무랄 수 있는 사람은 없습니다. 그런 권리는 누구에게도 없지요.

다른 사람을 위해 열심히 노력해왔다면 이제 조금 더 나 자신을 위해 행동할 수 있기를 바랍니다.

그만큼 애썼으면 충분해요.
무리해서 웃지 않아도 괜찮아요.

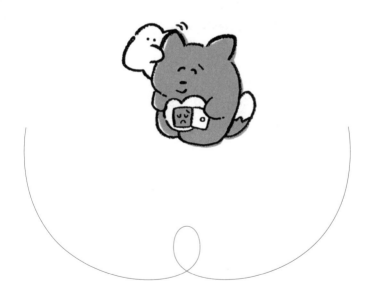

시간에 쫓길 때는
오른쪽만 신경 써보기

아래에 두 가지 그림이 있습니다.

A와 B 중에서 어느 쪽이 웃는 얼굴로 보이나요?

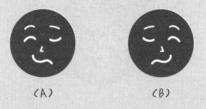

〈A〉　　　　　　　〈B〉

똑같은 그림의 좌우를 반전한 것일 뿐인데, 대부분은 A가 웃는 얼굴로
보인다고 답을 합니다. 왼쪽 얼굴만 웃고 있고 오른쪽은 침울한 표정인

데, 웃는 얼굴로 보인다니 참 신기한 일입니다.

조금 뜬금없지만 지금 머릿속으로 '물고기'를 그려보세요.
아마 많은 사람이 머리가 왼쪽에 있고 꼬리는 오른쪽에 있는 물고기를 상상했을 거예요.

이렇듯 우리의 뇌가 왼쪽에 주목한다는 성질은 다양한 방면에서 활용되고 있습니다. 채소 가게에서는 주력 상품을 왼쪽에 진열해 매출을 높이고, 책과 포스터에서는 사진이나 그림을 왼쪽에 실어서 시선을 끌지요.

재미있는 점은 이러한 경향이 나이나 성별, 인종을 가리지 않고 나타난다는 겁니다(특히 오른손잡이에게서 뚜렷하게 드러납니다).

왼쪽에 주목하는 뇌의 특성은 일상생활에서도 간편하게 활용해볼 수 있습니다.
예를 들어 늦잠을 자는 바람에 출근 준비를 할 시간이 부족하다면 나의 오른쪽을 의식하면서 화장을 하고 머리를 다듬으면 됩니다.
사람들이 왼쪽을 주목한다는 건, 상대방이 나의 오른쪽을 주로 본다는 뜻이니까요. 앞으로 시간에 쫓길 때는 오른쪽을 중심으로 신경을 쓰도록 합시다.

관계보다
내가 더 소중해

나보다 우선하는 사람은 없습니다.
나를 내팽개치면서까지 챙겨야 할 관계는 없습니다.

그 누구보다 소중한 것은
바로 나 자신임을 잊지 마세요.

16

그 사람과
함께 있으면
왠지 불편해

- 만나고 나면 이상하게 피곤하다.

- 웬만하면 둘만 있는 건 피하고 싶다.

- 싫은 건 아닌데 좋지도 않다.

- 직감적으로 '친해질 것 같지 않다'는 생각이 든다.

- 신경에 거슬리는 말을 많이 한다.

- 행동이나 몸짓이 거북하다.

- 왠지 신경 쓰인다.

• 싫어하는 '그 사람'과 비슷하다.

처음 만난 사람인데 '뭐지?', '왠지 나랑 안 맞는데……?' 라는 생각이 들고 은근히 불편하다고 느낀 적이 있나요?

기분 탓으로 돌리거나 모르는 척하거나, 첫인상으로 사람을 판단해서는 안 된다며 덮어두려는 사람이 많겠지만, **사실 그런 직감은 잘 맞는 편입니다.** '이 정도는 참을 수 있지'라고 생각했던 사소한 불편함이 머지않아 '더는 못 참아!'라는 큰 불편함으로 번져서 당신을 괴롭힐 수도 있어요.

예를 들어, 함께 있으면 왠지 피곤해지는 사람에게는 뭔가 당신을 지치게 만드는 요인이 있을 겁니다. 그게 뭔지도 모른 채 그 사람과 가까워지면 '왠지 피곤하네'는 어느새 '너무 피곤해'로 바뀌게 됩니다.

그럼 상대방이 당신에게 피곤함을 유발하는데도 금방 지쳐버리는 자신을 탓하기 쉽습니다.

또한 은근히 거슬리는 말이나 대답하기 곤란한 질문을 자주 하는 사람은 사이가 가까워질수록 내가 하고 싶지 않은 이야기를 더욱 서슴없이 물어볼 가능성이 큽니다. 그 자리의 분위기를 깨지 않으려고 어쩔 수 없이 대답했다가 집에 돌아와서 '그런 이야기까지는 하지 말걸' 하는 후회가 들 때도 있을 겁니다.

사소하게 상처 주는 말을 하는 사람도 주의해야 합니다. 작은 상처를 용인하면 아무렇지도 않게 점점 더 큰 상처를 줄 수 있으니까요. 마음을 다쳐서 회복하기 어려울 정도가 되기 전에 그런 사람과는 적당한 거리를 두는 것이 좋습니다.

이렇듯 첫 만남에서 생긴 '뭐지?'라는 의문은 '역시나!'라는 확신으로, '왠지 나랑 안 맞는 것 같은데'라는 위화감은 '너무 불편해'라는 괴로움으로 바뀌기 쉽습니다.

다정한 사람일수록 '첫인상만으로 사람을 판단해서는 안 되지'라고 생각하고, 매사 최선을 다하는 사람일수록 '그에게도 좋은 점이 있을 거야'라고 긍정적으로 바라보려 합니다.

그리고 자신감이 없는 사람일수록 '내가 예민한 거야', '기분 탓이야'라며 불편함의 원인을 자신에게로 돌리는 경향이 있습니다.

하지만 **누군가에게 느끼는 은근한 불편감은 내 마음을 지키기 위한 신호입니다.**

그러니 자신의 직감을 좀 더 믿어도 좋습니다.

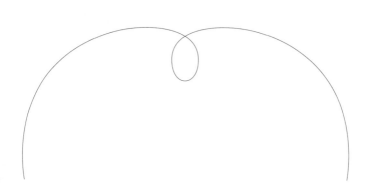

도저히 나와는 안 맞는 사람도 있는 거죠.

왜 나만 빼고
다 즐거워 보여?

행복해 보이는 사람을 보면 공연히 짜증이 나나요? 타인에게
쉽게 의지하는 사람을 보면 '나는 혼자서 애쓰고 있는데'라는
생각에 화가 나나요? 다른 사람에게 기대고 싶을 때도 그러
지 못하는 자신이 답답한가요? 화가 난 사람을 보면 질세라
더욱더 화가 치미나요?

　그런 식으로 반응하는 자신이 싫어지고, 나 말고 다른 사
람들은 다 신나고 즐겁고 행복해 보여서 초조하고 서글프고

관계보다
내가 더 소중해

화가 나고 억울하고 울적해지지는 않나요?

　그런 생각이 드는 이유는 당신이 뭔가를 꾹 참고 있기 때문입니다. 분명히 해두자고요. **참지 못해서 화가 나는 게 아닙니다. 너무나도 열심히 참았기에 화가 나고 짜증이 나는 것이지요.**

　특정한 말이나 행동 때문에 화가 난다면 그건 '더는 내 마음을 침범하지 마'라는 신호입니다. 마음이 '내게 다가오지 마', '거기서 멈춰'라고 두려움에 떨며 비명을 지르는 것입니다.

　내가 소중히 여기는 것이 침해당한 것 같을 때, 나의 어떤 부분이 부정당한 것 같을 때 자연스럽게 나오는 방어 반응입니다.

늘 같은 사람에게 화가 난다면 그 사람 자체가 나와 맞지 않는 것일 수 있습니다.

상대방을 불편해하는 마음을 들키지 않으려고 애쓰거나, 불편하지만 참고 관계를 유지하거나, 치미는 분노를 억누르기만 한 나머지 짜증이 날 때가 있습니다.

그럴 때 '짜증 내서는 안 돼'라고 생각하면 더욱 답답해지기 마련이지요. '나와 안 맞는 사람이라서 짜증이 나는 거야. 그건 어쩔 수 없는 거야'라고 자신의 감정을 인정하고 받아들여보세요.

불편한 건 불편해도 괜찮습니다. 일부러 못되게 구는 게 아니라면 충분히 친절한 겁니다.

평소라면 아무렇지도 않을 일인데 괜스레 화가 나고 신경질이 난다면 내 몸과 마음이 '이젠 지쳤어', '지금부터 쉬지 않으면 쓰러지고 말 거야'라고 신호를 보내는 겁니다. 그 신호를 알아채야 합니다.

그럴 때 필요한 건 짜증 나는 자신을 바꾸기 위한 노력이 아닙니다. 휴식이지요. 몸과 마음이 지쳤을 때는 더욱 여유가 없어지는 법이니까요.

●
관계보다
내가 더 소중해

짜증 내는 자신을 너무 몰아세우지 마세요.

　당신의 성격이 나빠서, 속이 좁아서, 쉽게 화를 내는 사람이어서 그러는 게 아니니 말입니다.

　내가 잘못된 게 아니라 **짜증 날 만한 일이 일어난 거라고 생각을 전환해보세요. 그리고 짜증 내도 괜찮다고 허용해주세요.**

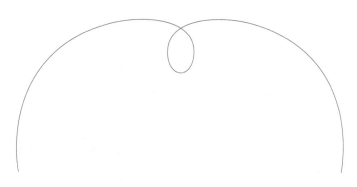

짜증이 난다면 일단 푹 쉬는 게 답이에요.

18

혹시
나 때문이야?

'5인조 그룹의 그 멤버 이름이 뭐였지? 키 크고 춤 잘 추는 사람 있었는데'라며 아무리 생각해봐도 떠오르지 않을 때가 있지요. 그런데 한참이 지난 후에야 퍼뜩 그 이름이 떠오르기도 합니다. 그건 우리 뇌가 모르는 사이에 계속 일을 하기 때문이에요. 명확하게 알지 못하는 것이 있으면 뇌는 계속 생각해서 어떻게든 분명히 하려는 경향이 있습니다.

갑자기 상대방의 기분이 상했을 때도 마찬가지입니다. 왜 그런 건지 이유를 알 수 없을 때 뇌는 계속해서 생각을 굴립니다. 생각하고 또 해도 왜 기분이 나쁜 건지 모를 때에는 결국 '나 때문인가'라며 자신에게서 원인을 찾기 시작합니다. 그렇게 자기에게 화살을 돌리면 원인이라고 할 만한 것이 반드시 발견됩니다.

그런데 문제는, 실제로 내 탓이 아닐 때도 나한테서 그럴듯한 이유를 찾게 된다는 것이지요. 세상에 완벽한 사람은 없으니 찾고자 한다면 말이 되는 이유를 얼마든 찾을 수 있습니다.

하지만 심리 상담사로서 많은 내담자를 만난 경험을 되돌아보건대, 그건 그 사람의 탓이 아닐 때가 많습니다. **누군가 기분 나빠할 때 그 이유를 자신에게서 찾으면서 고민한다면 그만 생각을 멈추세요. 그 원인은 당신이 아닌 다른 데 있을 가능성이 큽니다.**

당신이 아닌 다른 누군가 때문일 수도 있고, 그저 피곤해서 마음에 여유가 없는 상태일 수도 있으며, 당신과 전혀 관련 없는 일 때문일 수도 있고, 안 좋은 기억이 떠올라 침울한 상태일 수도 있습니다.

설령 당신 때문에 기분이 나쁘다고 해도 은근히 티를 낼 일은 아니지요. 불편한 마음을 에둘러 표현하면서 상대방을 불안하게 만드는 방식이 아니라, 무엇 때문에 기분이 나쁜지 어떻게 해주기를 바라는지 직접 말로 표현하는 방식도 얼마든지 택할 수 있습니다. 그런 의미에서도 누군가의 기분이 상했다면 그건 당신 탓이 아닙니다.

아무리 이렇게 말해도 곧바로 받아들이기는 어려울 수 있습니다. 지금껏 계속 자기 때문이라고 생각해왔으니까 '사실은 당신 탓이 아닙니다'라는 말을 들어도 선뜻 이해가 안 되고 당황스러울 수 있지요.

그러니 우선은 '내 탓이 아닐지도 모른다'고 생각하는 정

도로 시작해보세요. 그것도 어렵다면 **'내 탓이 아니라면?'**이
라고 생각해봐도 좋습니다.

　내 탓이라고 생각했을 때 나에게서 원인을 발견했듯이, 내
탓이 아니라고 생각하면 나 이외의 곳에서 원인을 찾게 될 것
입니다.

　'그 사람이 느끼는 감정의 원인은 내게 있지 않고 그건 상
대방의 문제다'라고 생각하는 횟수가 나에게서 원인을 찾으
며 괴로워한 횟수를 넘어서는 순간, 지금보다 상대방의 기분
에 휘둘리는 일이 훨씬 줄어들 거예요.

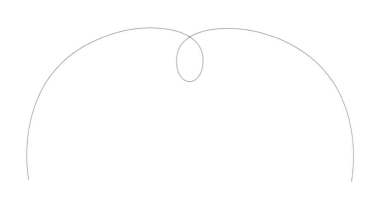

내 탓이 아닌 때가 훨씬 많아요.

19

아무래도
안 변하는 사람

'당신이 바뀌면 상대방도 바뀐다.'

'당신이 먼저 바뀌어야 한다.'

'상대방이 바뀌지 않으면 당신이 바뀌면 된다.'

'다른 누군가는 바꿀 수 없다. 바꿀 수 있는 건 자기 자신 뿐이다.'

인간관계로 고민하고 있을 때 이런 조언을 들어본 적이

있을 겁니다. 사람을 소중히 생각하는 다정한 사람일수록 '상대방이 바뀌지 않는 건 내 노력이 부족해서야……'라며 자기 탓으로 돌리고, 매사 최선을 다하는 사람일수록 '지금부터 무엇을 얼마나 더 해야 저 사람이 변할까?'라며 자신을 채찍질하는 경향이 있지요.

하지만 누군가에 대해 그런 생각을 한다는 것만으로도 당신은 충분히 노력하고 있는 것입니다. 고민하고 걱정하는 건 매우 힘든 일이니 말입니다.

당신이 걱정하는 그 사람은 자신을 바꾸고 싶다고 생각하나요? "달라지고 싶어", "나아지고 싶어"라고 말만 하는 게 아니라 행동으로 옮기고 있나요? 그 사람은 당신의 노력을 고마워하고 있나요?

이 질문에 대한 답이 '아니요'라면 **상대방이 바뀌지 않는 것은 그 사람의 문제**입니다. 그러니 당신의 탓으로 돌릴 필요가 전혀 없습니다.

다이어트 중일 때에도 좋아하는 디저트가 눈앞에 있으면 먹고 싶어지고, 금연하는 중일 때도 스트레스를 받으면 담배 생각이 절로 나며, 아침에 일찍 일어나서 공부하겠다고 다짐했더라도 이불의 유혹을 이겨내기란 쉽지 않습니다.

이렇듯 자신을 바꾸겠다고 마음을 굳게 먹어도 생각이나 행동을 바꾸는 건 여간 어려운 일이 아닙니다. 누구나 마찬가지입니다. 달라지고 싶고 나아지고 싶다고 강하게 다짐하고 행동하지 않으면 바뀔 리가 없고 바뀔 수도 없습니다.

그러니 상대방이 변하지 않았다고 해서 당신을 탓할 이유가 없습니다. 당신은 지금까지 '바뀌지 않는 누군가'를 위해서 나름대로 노력해왔을 테니까요.

그건 그것 자체로 대단한 일이니까 지금까지 해온 노력이 물거품이 됐다고 낙담하거나 쓸데없는 일을 했다며 자신을 비난하지 않기를 바랍니다.

자신이 노력을 기울인 일을 두고 누군가가 "그래 봤자 소

●
관계보다
내가 더 소중해

용없어", "차라리 아무것도 안 하는 게 나았을걸"이라고 평가한다고 생각해보세요. '어떻게 저렇게 말할 수 있을까' 하고 매우 섭섭하고 상처받을 겁니다. 정말 내가 해온 모든 것이 물거품이 된 것 같은 허무함도 밀려올 겁니다.

스스로에 대해 그렇게 생각하는 것도 마찬가지입니다. 남이 모질게, 혹은 가볍게 했던 말과 마찬가지로 마음에 깊은 상처를 남깁니다.

그러니 **우선 '지금까지 정말 애썼어'라며 자신의 노력을 인정해주세요.** 되도록 칭찬을 쏟아부어주세요.

그러고 나서 '할 수 있는 건 다 했으니까 그걸로 충분하지 않아?'라고 조용히 자신에게 묻기 바랍니다.

그 사람의 변화를 이끌고자 했던 다정한 마음은 충분히 자기 일을 했으니까요.

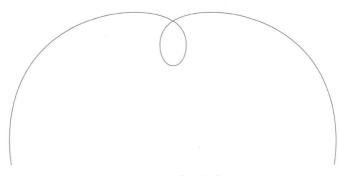

여기까지 오느라 정말 고생 많았어요.

20

나는 왜 이렇게
불편하고 싫은 사람이
많을까

싫어하는 사람이 있어도 괜찮고 불편한 사람이 있어도 괜찮습니다. 어딜 가나 싫어하는 사람뿐이고, 온통 불편한 사람뿐이라고 해도 괜찮습니다.

지금까지 좋은 감정을 느꼈던 사람, 좋다고 생각한 사람이 단 한 명이라도 있었다면 당신은 아주 평범한 사람입니다. 누군가를 싫어하는 자신이 어딘가 잘못됐다거나 이상하다고 생각할 필요는 없습니다.

어쩌다 보니 지금 당신 주위에 싫어하는 사람, 불편한 사람이 있는 것일 뿐이니까요. 그건 아주 보통의 상태입니다.

'다른 사람을 싫어해서는 안 된다', '모두와 사이좋게 지내야 한다'고 생각한다면, 그건 그것대로 훌륭한 자세지요.

하지만 그런 생각에 사로잡혀서 자신을 괴롭히고 있지는 않나요?

누군가를 미워하는 자신을 비난하고, 모두와 사이좋게 지내기 위해 솔직한 마음을 억누르고 있지는 않나요?

모두가 좋아하는 사람이래도 당신에게는 불편할 수 있습니다. 다들 좋은 사람이라고 하는데 나만 다르게 생각하니 내가 뭔가 잘못된 건 아닌가 싶은 것도 이해가 갑니다. 내가 비뚤어진 건가 싶어서 스스로를 돌아보게 되고 자신이 싫어질 때도 있을 겁니다. 하지만 **모두에게 좋은 사람이 당신에게도 꼭**

좋은 사람이라는 법은 없습니다.

모두가 좋아하는 사람도 얼마든지 싫어할 수 있습니다. 그 또한 자연스러운 일입니다.

'왜 나는 저 사람이 좋아지지 않는 걸까……?' 고민스러울 수도 있지만, 누군가가 싫다면 그 이유는 '싫으니까'만으로 충분합니다.

치킨은 많은 사람이 좋아하는 대표적인 야식 메뉴지요. 하지만 싫어하는 사람도 있기 마련입니다. '좋아하는 것이 옳고, 좋아하지 않는 것은 그르다'라는 생각은 정답이 아닙니다. 같은 것을 두고도 어떤 사람은 좋아할 수 있고 어떤 사람은 싫어할 수 있습니다. 당연하고 자연스러운 일입니다.

그래도 '나는 도대체 왜 이럴까……' 하고 고민이 된다면 좋아하지 않는 이유가 아니라 싫어하는 이유를 생각해보기 바랍니다. 좋아하지 않는 이유를 생각하다 보면 좋아하지 '않는' 자신이 잘못된 것처럼 느껴지기 때문에 주의해야 합니다.

싫으면 싫어해도 되고 불편하면 불편해해도 됩니다. 싫어하는 사람을 억지로 좋아할 필요도 없고 불편한 마음을 이겨내야 하는 것도 아닙니다.

싫고 불편하더라도 **예의를 갖춰 대하고 형식적인 인사라도 건넬 수 있다면 그것만으로도 충분히 훌륭합니다.**

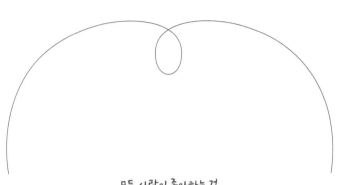

모든 사람이 좋아하는 걸
나도 좋아해야 한다는 법은 없어요.

21

내 몸이
내게 하는 이야기

예전에 들었던 안 좋은 이야기를 떠올리면 배가 슬슬 아프고, 피하고 싶은 일이 가까이 다가오면 머리가 아프고, 누군가를 만난다는 생각만 해도 피곤해지고, 이것저것 해야 할 일이 많은데 머리가 안 돌아갈 때가 있습니다.

그러면 '내 몸이 왜 이러지?', '왜 이렇게 금세 피로해지지?' 하고 걱정이 되기도 할 겁니다.

하지만 통증과 피로를 그 자체로만 봐서는 안 됩니다. 복통, 두통, 이유를 알 수 없는 피로는 '뭔가 이상하다'는 것을 알아차릴 수 있도록 몸이 보내는 신호입니다.

통증은 상처 입은 몸을 쉬게 해 회복하도록 돕는 중요한 감각입니다.

위가 찌릿찌릿할 만큼 스트레스를 받는데도 통증을 느끼지 못한다면 위에 구멍이 생길지도 모르고, 발목뼈가 부러졌는데 통증을 느끼지 못한다면 그냥 계속 걸어 다니다가 결국 걷지 못하는 지경에 이를지도 모릅니다.

두통을 느끼고 나서야 비로소 '그 사람이 불편하구나', '거기에 가고 싶지 않구나' 하고 알아차릴 때도 있습니다.

몸의 통증은 자신이 상처를 입었고 부상을 당했다고 알려주는 사이렌과 같습니다.

피로를 느끼지 못한다면 '아직은 더 할 수 있어'라며 노력을 멈추지 않을 겁니다.

　그러다 정말 움직이지 못하는 순간이 오면, 그때는 이미 온몸이 녹초가 된 후일 테지요. 조금 지친다는 느낌이 들 때 쉬었다면 며칠 만에 피로가 풀렸을 텐데, 쓰러질 때까지 무작정 움직이면 회복하는 데 몇 개월은 걸릴 겁니다.

　이렇듯 통증과 피로는 부단히 애를 쓰며 살아가는 당신에게 강제로 제동을 걸어주는 중요한 감각 중 하나입니다.

그러니 쉽게 지치는 편이라며 자신을 비난하는 대신, 통증과 피로를 '쉬어야 하는 때를 판단하는 기준'으로 삼아보세요. 단순히 쉽게 지치는 편이어서 힘든 게 아니라 오랜 시간 피로가 쌓인 상태일지도 모르니 말이지요.

　통증과 피로는 기분 탓도 아니고, 컨디션 관리를 제대로 못 한 결과도 아니며, 당신이 나약하거나 인내심이 부족하거나 어리광을 부리는 성격이기 때문도 아닙니다.

우리 몸은 매우 정직합니다.

그러니 몸이 하는 이야기를 귀 기울여 들어주세요.

컨디션이 안 좋고 피곤하다면
일단 멈춰요.

지금은
있는 힘껏
도망쳐야 할 때

세상에는 다양한 사람이 있고 그중에는 비합리적인 사람도 있습니다. 그런 사람을 만나면 그가 그렇게 행동하는 원인을 자신에게서 찾거나 나의 부족한 점을 생각하지 않도록 주의하세요.

그런 사람은 당신이 어떻게 행동해도, 아니 아무 일도 하지 않아도 어떻게든 공격할 거리를 찾아내고야 맙니다. 당신에게 잘못이 없어도 기어코 잘못을 발견해내고야 맙니다. 때

130
131

로는 자신이 비합리적으로 행동할 수밖에 없는 이유를 당신 탓으로 돌리기까지 합니다.

그러니 아무리 고민하고 애써봐도 사이가 좋아지지 않고, 무엇을 어떻게 해도 공격받는 일이 반복된다면 나에게서 문제를 찾지 마세요. 그러면 아무리 노력해도 그 끝에서 좌절을 마주하기 쉽습니다.

그러니까 **상대방이 비합리적인 사람이라는 걸 알아챘다면 되도록 있는 힘껏 도망치기 바랍니다.**
그런 사람을 만났다는 걸 당신의 잘못으로 돌릴 필요도 없습니다. 비합리적인 사람은 어디에나 있기 마련이니까요.

가장 중요한 것은 그 사람의 마음에 들려고 노력하지 않는 것입니다.
대개 사람들은 남에게 미움받지 않으려고 애쓰는데, 비합리적인 사람의 마음에 드는 것은 미움을 받는 것보다 위험합니다.

그가 당신을 마음에 들어하면 그 사람과 함께하는 시간이 늘어나기 때문입니다.

피하기만 하자니 억울해서 맞서 싸우기를 택하는 사람도 있지만 그것 역시 추천하지 않습니다.

비합리적인 사람과 싸워서 이긴다고 한들 거기서 끝나지 않을 것이기 때문입니다. 여러 해 심리 상담을 해온 경험으로 미루어볼 때, 그런 경우에는 그때까지 겪은 것보다 더 강력한 복수가 기다리고 있을 가능성이 큽니다.

따라서 비합리적인 사람의 마음에 들려고 노력할 필요도 없고, 맞서 싸울 필요도 없으며, 이해받을 필요도 없습니다.

그런 사람과는 엮이지 않는 것이 최선입니다.

그게 어렵다면 둘만 있는 상황을 최대한 피하고, 함께 있는 시간을 최대한 줄여야 합니다. 비합리적인 사람을 상대로 이런저런 노력을 해본들 불편한 상황을 맞닥뜨릴 뿐이니 점점 거리를 두도록 하세요.

도망치는 것이 소극적인 자세는 아닙니다. **자신을 지키기 위한 적극적이고 현명한 대처입니다.**

맞서 싸우는 것과 마찬가지로 도망치는 것 역시 하나의 선택지입니다.

지금까지 불편한 상황을 참고 견디거나 불편한 사람과 맞서 싸우는 데 사용한 에너지를 앞으로는 도망치는 데에 쓰도록 하세요.

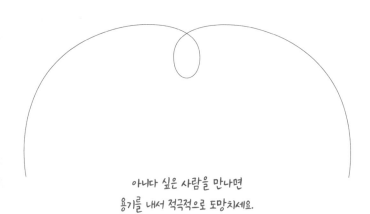

아니다 싶은 사람을 만나면
용기를 내서 적극적으로 도망치세요.

23

미움받을
용기가
필요해

미움받고 싶지 않다는 마음은 인간으로서 갖는 당연한 본능입니다. 하지만 모든 사람에게 미움받고 싶지 않다는 바람은 포기하는 편이 좋습니다.

모든 사람에게 미움을 받지 않고 사랑을 받기란 거의 불가능할 정도로 어려운 일이기 때문입니다.

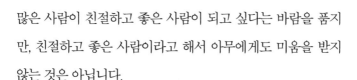

많은 사람이 친절하고 좋은 사람이 되고 싶다는 바람을 품지만, 친절하고 좋은 사람이라고 해서 아무에게도 미움을 받지 않는 것은 아닙니다.

'저 사람이 착하게 구니까 내가 나쁜 사람처럼 느껴져서 싫다', '겉과 속이 달라 보여서 불편하다'라고 생각하는 사람도 있기 마련입니다. 친절에 익숙하지 않은 사람은 친절함을 경계하고 반발의 대상으로 여기기도 하거든요.

세심하고 센스 있는 사람이 되고 싶다고 생각하는 사람도 있습니다. 하지만 그런 사람이 된다고 해서 모두에게 미움을 받지 않는 것도 아닙니다. 그런 사람 곁에서 '그렇지 못한 나는 부족해 보여서 마음이 힘들다', '뭐든 나보다 앞서나가니까 괴롭다', '우리 부모님의 모습이 겹쳐 보인다'라고 느끼는 사람도 꽤 있습니다.

친절한 사람을 좋아하는 사람도 있고 싫어하는 사람도 있습니다. 센스 있는 사람을 좋아하는 사람도 있고 싫어하는 사람도 있지요.

이렇듯 **같은 면을 보고도 누군가는 좋아하고 누군가는 싫어합니다.**

상대방이 당신의 어떤 면을 싫어한다고 해서 그것을 당신의 단점이라고 할 수 없고, 누군가가 당신을 싫어하는 것은 당신 탓이 아니라 그저 그 사람의 변덕일지도 모릅니다.

모두에게 미움받지 않으려면 '모두'에게 맞춰서 매번 자신을 바꿔야 합니다. 주변에 100명의 사람이 있다면 '100가지의 나'를 연기해야 하는 셈이지요.

다른 사람들에게 계속 맞춰주다 보면 '나'는 없어져버립니다. 내가 좋아하는 것, 내 생각, 내가 하고 싶은 일, 나다움을 알 수 없게 됩니다.

그러니 이 세상에 하나뿐인 자기 자신을 잃어버리지 않도록 합시다.

모두에게 미움받지 않는 것보다 자기답게 살아가는 것이 더 중요합니다. 그렇게 생각하면 삶이 지금보다 훨씬 더 편안해질 것입니다.

미움받지 않는 것보다
나답게 살아가는 것이 중요해요.

짜증이 가라앉지 않을 땐
왼쪽 주먹을 꽉 쥐기

'화내지 말자, 화내지 말자.'

'짜증 내지 말자. 참아야 해. 참자, 참자.'

이렇게 감정을 억누르려고 할수록 짜증이 나고 머릿속에서 화가 부글부
글 끓어올라서, 이대로 뒀다가는 안 해도 될 말까지 쏟아낼 것 같을 때가
있지 않나요?

그럴 때에는 왼쪽 주먹을 꽉 쥐어보세요.

45초 동안 온 힘을 다해서 주먹을 쥐고 나서 15초 동안 힘을 빼보세요.

이것을 네 번 반복합니다.

이렇게만 해도 화가 폭발하는 것을 막을 수 있습니다.

화가 날 때는 좌뇌가 활성화되는데, 그때 왼쪽 주먹을 꽉 쥐면 우뇌의 움직임이 활발해집니다.

우뇌는 분노를 비롯해 공포, 혐오 같은 부정적 감정을 간직하는 역할을 수행합니다. 그 순간의 감정을 날것 그대로 분출하지 않도록 주의 깊게 생각하고 주위를 살피면서 충동을 조절하지요. 그렇기에 왼손 주먹을 쥐기만 해도 분노라는 감정이 쉽게 발생하지 않습니다.

짜증을 내도 되고 화를 내도 됩니다. 당신의 감정은 소중하고 모든 감정에는 이유가 있기 마련이니까요.

하지만 '지금은 화를 안 내는 편이 좋겠어', '이 사람한테 화를 내면 나중에 더 귀찮아질 것 같아', '이러다간 낭패를 볼 수도 있어'라는 생각이 드는 때도 있을 겁니다.

그럴 때는 왼쪽 손을 있는 힘껏 쥐어서 현명하게 분노를 회피하도록 합시다.

다만 짜증이나 분노를 '다른 사람을 위해서' 참는다면 스트레스가 더 쌓일 겁니다.

분노를 회피하는 것은 당신이 불리해지지 않기 위해서이자, 화를 낸 것을 후회하지 않기 위해서라는 걸 기억하세요. 분노를 분출함으로써 문제를 해결할 수 있다면 적절한 순간에 적절한 강도로 화를 내는 것이 맞습니다. 하지만 화를 냄으로써 사태가 더 악화될 것 같으면 오로지 당신을 위해 분노를 회피한다는 선택을 하세요.

분노를 회피하는 방법인 '주먹 쥐기'는 오로지 자신을 위해 활용하기 바랍니다.

어제의 나를
너무 미워하지 말아요

이미 지나간 일은 바꿀 수 없어요.
지난날을 곱씹으며 다시금 자신을 질책하기보다
괴로웠던 지난날의 나를
보듬어주세요.

애썼구나. 힘들었구나.
이제 다 지나갔어.

24

이제 와서
자꾸만
화가 나는 이유

최선을 다해서 도와줬더니 정작 내가 도움이 필요할 때는 외면한 그 사람.

아쉬운 소리 하지 않도록 큰마음으로 헤아리고 도왔는데, 내가 어렵게 내민 손을 차갑게 내친 그 사람.

할 수 있는 모든 것을 다 해줬는데 한순간에 돌변한 그 사람.

마음을 다해 정말로 좋아했는데 그런 내 마음을 이용하고 상처를 준 그 사람.

　오랫동안 믿었는데 나를 배신한 그 사람.

　과거의 상처가 갑자기 떠올라서 분노가 치밀 때가 있습니다. 가만히 앉아 있다가도 차오르는 화에 가슴을 치거나 발을 동동 구르게 되는 때 말이지요. 잠을 자다가도 벌떡 일어나게 될 때도 있지요.

　아직도 화를 내는 내가 싫어지고, 여전히 마음에 담아두고 있는 내가 지긋지긋하고, 제대로 반격하지 못한 과거의 나를 비난하기도 하겠지요.

　분노의 감정을 표출하려면 분노를 드러내도 괜찮은 환경이 필요합니다. 당시에는 화를 내지 못한 게 아니라 화를 내지 않는 편이 낫다고 무의식적으로 판단한 것일 수 있습니다.

　아마 그때 그 상황에서 분노를 폭발적으로 표현했다면 상황이 지금보다 더 복잡해졌을 것입니다. 소중한 사람에게 상처를 주어서 지금보다 더 큰 후회를 하게 됐을지도 모르고, 돌이킬 수 없는 문제로 번졌을지도 모르지요.

●
어제의 나를
너무 미워하지 말아요

시간이 지나 지금에야 분노를 느끼는 건 지금이 화를 낼 수 있는 안전한 상황이기 때문입니다. **그 당시보다 안전한 환경에 있기에 이제야 비로소 분노의 감정을 드러낼 수 있게 된 것**이지요.

그러니 이미 지난 일에 여전히 화를 내는 자신을 비난하지 마세요. 지금까지 늘 자신을 탓하며 살아온 사람이 누군가에게 분노할 수 있게 됐다면 그 또한 성장입니다. 자신의 감정을 마음속에 가두고 참기만 한 사람이 과거의 일에 대해 분노의 감정을 드러낼 수 있게 됐다면 그 역시 성장입니다.

중요한 것은 **화가 나는 자신을 부정하지 않는 것입니다.** 화가 날 만한 일이었으니까 화를 내도 괜찮다고 자신의 감정을 인정해주세요.

분노는 부정당하면 더욱 몸집을 불립니다.

　　그러니 '화가 나는 내가 싫어', '화를 내고 싶지 않아'라는 생각이 든다면, 우선은 그런 감정을 느끼는 자신을 인정하고 받아들이는 것부터 시작해보세요. 그러면 더욱 빠르게 분노에서 벗어날 수 있을 거예요.

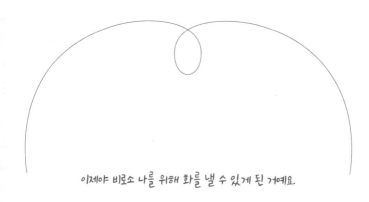

이제야 비로소 나를 위해 화를 낼 수 있게 된 거예요.

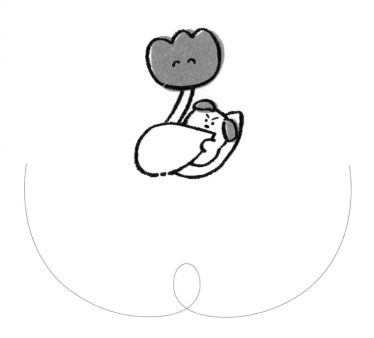

25

지난 일로
괴로워하는
나에게

'정말 싫었어.'

'참 슬픈 일이었지.'

'얼마나 분했는지 몰라.'

'도와주길 바랐는데.'

'그럼에도 좋아했어.'

이렇게 과거의 일을 떠올리면서 괴로워하고 있다면, 그건 여전히 납득할 수 없는 마음이나 아직 정리되지 않은 감정이 가슴속 어딘가에 감추어져 있기 때문입니다.

　당시에는 말로 표현할 수 없었던 자신의 진심이 이제야 튀어나온 것인지도 모르지요.

　과거의 일로 '아직까지' 괴로워하는 것이 아니라, **'드디어' 지난 일을 제대로 마주하고 있는 것일 수 있습니다.**

　그러니 '지금도 가끔 생각날 정도로 정말 힘든 일이었어' 라며 과거의 자신을 위로해주세요. 시간이 이렇게나 흘렀는 데도 아직 떠올리면서 괴로워할 정도로 마음 아픈 일이 있었 던 것이니까요.

　괴로워하는 당신에게 이렇게 충고한 사람도 있었을 겁니다.

　"어차피 과거는 바꿀 수 없잖아."

　"좀 더 긍정적으로 생각해봐."

　스스로를 그런 식으로 나무라기도 했겠지요.

　물론 과거는 바꿀 수 없습니다.

　그렇기에 괴로운 것이기도 합니다.

나에게 못되게 굴었던 사람에게 여전히 화가 나고, 어떻게 대응했어야 했는지 아직도 고민하고, 안 좋은 기억이 떠오를 때마다 슬퍼지고 후회가 되는 이유는 지나간 일은 바꿀 수 없기 때문입니다.

과거를 쉽게 바꿀 수 있다면 그렇게까지 괴롭지 않을 겁니다. 지금이라도 당장 그때로 돌아가서 바꾸면 되니까요. 그러니 지나간 일로 괴로워하는 건 매우 자연스러운 현상입니다.

가장 피해야 하는 것은 '과거의 일로 괴로워해서는 안 된다'는 믿음입니다. 우리의 뇌는 그런 믿음을 뒷받침하는 근거를 어떻게든 찾아내서 지난 일로 괴로워하는 자신을 비난하고 말 것이기 때문이지요.

미래에 대해 고민하는 것은 건설적이고 좋은 일이고, 과거에 대해 고민하는 것은 미련하고 나쁜 일이라고 말할 수 없습니다. 좋은 일을 떠올리는 것은 좋고, 힘든 일을 떠올리는 것은 나쁘다고 잘라 말할 수도 없지요.

긍정적인 게 좋고 부정적인 건 나쁘다고도 할 수 없습니다. 캘리포니아대학교의 한 연구에 따르면 '부정적인 사람이 성공하기 쉽다'고도 하니까요.

과거의 일로 괴로워해도 괜찮습니다.

또한 과거의 일 때문에 힘들어하는 자신을 비난하거나 여전히 괴로워한다는 사실에 낙담할 필요도 없습니다. 이제라도 과거의 일을 제대로 바라볼 수 있게 되었으니 오히려 칭찬할 만한 일이지요.

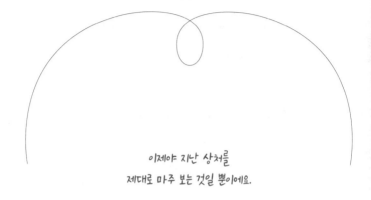

이제야 지난 상처를
제대로 마주 보는 것일 뿐이에요.

26

기억도 망각도
오로지
나를 위해서만

나쁜 기억을 잊어버리는 선택을 한다면, **자신을 위한 일일 때
에만 그렇게 합시다.**

'저런 사람 때문에 고민하는 시간이 아까워', '저 사람에
대해서 더는 떠올리고 싶지 않아'라는 생각이 든다면, 나를
위해서 나쁜 기억을 잊어버리는 편이 좋습니다.

하지만 상대방에게 미안한 마음이 들어서, 그 사람을 위해
서, 과거의 일에 더는 얽매이지 말라는 남의 말을 듣고서 잊

는다는 선택을 해서는 안 됩니다. 내가 진심으로 받아들이고 이해하지 못한 상태에서 한 일은 나중에 반드시 후회로 돌아오기 때문입니다.

'다른 사람을 용서해야 내가 행복해진다'고 생각하는 사람도 있습니다. 물론 누군가를 진심으로 용서할 수 있다는 건 더할 나위 없이 좋은 일입니다. 더는 그 일로 괴로워하지 않아도 되니까요.

하지만 **자신의 마음을 속이고 진심을 가둔 채 행복을 위해 억지로 용서할 필요는 없습니다.**

무리한 용서는 팔에 난 상처를 제대로 치료하지도 않은 상태에서 붕대로 감싸고 긴소매 옷을 입어서 눈에 보이지 않게 가리는 것과 같습니다.

시간이 지나면서 자연스럽게 치유가 된다면 다행이지만, 현실은 그렇지가 않습니다. 흉터가 눈에 들어올 때마다 과거의 일이 머릿속을 스쳐 지나가고, 상처에 통증이 느껴지면 나쁜 기억이 생생하게 되살아납니다.

억지로 용서를 한 기간이 길어질수록, 억눌러온 감정이 클수록, 더 불어난 분노와 슬픔이 다시 한번 당신을 덮칠 것입니다.

지금까지 당신은 이런 사고방식이나 감정은 바람직하고, 저런 사고방식이나 감정은 옳지 않다는 식의 기준을 강요당해왔을지 모릅니다. 하지만 **내가 느끼는 감정에 옳고 그름은 없습니다.**

좋은 것은 좋아하고, 싫은 것은 싫어하고, 괴로운 것은 괴로워하고, 미운 것은 미워해도 괜찮습니다.

가장 중요한 것은 지금 당신이 느끼는 감정을 있는 그대로 받아들이는 것입니다.

"그런 생각은 이상해."

"그런 식으로 받아들이는 건 좋지 않아."

누군가 이렇게 말하며 내 생각을 부정한다면 상처받을 수밖에 없죠. 그러니 자신만은 부정하지 말고 받아들여주세요.

'괴로운 게 당연해', '아직 슬플 수도 있지', '어떤 감정을 느끼든 괜찮아'라며 여전히 힘들어하는 마음을 허락해주세요.

상대방을 용서하든 용서하지 않든, 과거를 잊기 위해 뭔가를 시작하든 시작하지 않든, 그런 것은 충분히 괴로워하고 나서 진심으로 그러고 싶은 마음이 들었을 때 해도 늦지 않습니다.

좋은 것은 좋아하고,
싫은 것은 싫어하고,
괴로운 것은 괴로워해도
괜찮아요.

27

실수의
기억이
꼬리에 꼬리를 물 때

업무상 제출해야 하는 서류를 깜빡 잊어서 좌절해 있을 때, '그러고 보니 지난번에도 놓친 게 있었지'라며 또 다른 실수를 떠올리고, '어릴 때 생활기록부에도 주의가 산만하다고 적혀 있었어'라며 먼 과거의 일까지 끄집어내는 사람이 있습니다.

커피라도 마시면서 기분 전환을 해보려고 하지만, 컵을 잡으려다가 손이 미끄러져서 커피를 책상 위에 쏟고, 더러워진 책상을 닦으면서 '역시 난 운이 없어', '난 항상 이런 식이라니까'라며 한탄하기도 하지요.

이렇듯 일이 잘 풀리지 않을 때는 또 다른 실수를 떠올리기 쉽고, 뭘 해도 생각처럼 되지 않아 자신이 더욱더 바보처럼 느껴지기도 합니다.

우리 뇌에서는 이런 식의 사고가 꽤 자주 진행됩니다. 사실상 뇌의 주특기라고 할 수 있지요. 이른바 '내친김에 혼내기'입니다.

마치 밭에서 고구마를 캐듯이 과거의 실수가 주르륵 딸려 올라와서 당신을 낙담하게 만듭니다. 당신이 부족한 사람이라서 부족한 면만 떠오르는 것이 아닙니다.

지금 내 머릿속에서 '내친김에 혼내기'가 이루어지고 있다는 것을 알아차렸다면, 되도록 빨리 제동을 걸어야 합니다.

그럴 때 유용한 방법 두 가지를 소개하겠습니다.

첫 번째 방법은 '아니지, 그건 아니야'라고 되뇌며 내 생각에 맞서는 것입니다. 밑도 끝도 없이 과거의 일을 끄집어내는 것을 멈추는 순간, 현실이 제대로 보입니다. 달려가는 생각을 잡아 세우면, 자신이 과거의 일 때문에 괴로워하고 있으며 이 것저것 되는 대로 기억을 끄집어내고 있다는 사실을 깨닫게 됩니다.

두 번째 방법은 지금 당장 다른 행동을 하는 것입니다. 예를 들면 다음과 같은 식이지요.

- **침대에 누워 있는데 과거의 실수가 떠올랐다면 침대를 벗어난다.**
  '침대는 잠을 자는 곳이니까 마음이 괴로워지면 일어난다'는 규칙을 정하고 따르면 자기 전이나 혹은 잠에서 깬 이후에도 침대에 누워 고민하는 일이 줄어듭니다. 몸을 일으키고 물을 마시는 것도 도움이 됩니다.

- **앉아 있을 때 과거의 실수가 떠올랐다면 자리에서 일어난다.**
  '짝' 소리가 나도록 손뼉을 치거나 "좋았어!" 하고 기분을 전환하는 말을 내뱉는 것도 효과적입니다.

- **뭔가를 하고 있을 때 과거의 실수가 떠올랐다면 그 동작을 멈춘다.**

  지금 하고 있던 것을 멈추고 심호흡을 하거나 스트레칭을 하면 생각의 전환에 도움이 됩니다.

지금까지 '내친김에 혼내기'를 멈추는 방법에 대해 알아봤는데, 여기서 중요한 것은 생각을 멈추는 것보다 **자신을 질책하지 않는 것입니다.**

  그러니 자꾸만 다른 곳으로 튀는 생각을 멈출 수 있어도 좋고, 멈추지 못해도 괜찮습니다.

  멈추지 못했다고 실망하기보다, 그런 식의 사고방식을 멈추는 게 좋다고 생각은 했다거나, 그 순간을 알아차렸다는 등 자신이 잘해낸 부분에 집중하기 바랍니다.

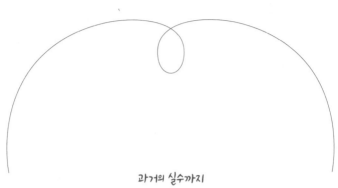

과거의 실수까지
지금으로 데려오지 마세요.

다른 사람이 아니라
내 편을 들어주기

"왜 그렇게 생각해?"라는 질문에 약한 사람이 있습니다.
내 생각을 부정당한 것만 같아서 자신의 의견을 솔직하게 말하기 어렵게
느껴지고, 그 말을 듣자마자 순간적으로 질문을 날카롭게 받아쳐서 분위
기를 험악하게 만들기도 했을 겁니다.

'저 사람이 하는 질문에는 유독 답하기 힘들다'는 생각이 들어도 걱정할
것 없습니다. 당신이 부족해서가 아니라 그저 그 사람 자체가 불편하거
나, 그 사람이 나쁜 의도로 질문했을 가능성이 크기 때문입니다.
하지만 어떤 사람이 말하든 저런 질문 자체가 불편하다면, 당신의 마음
이 방어 태세를 갖추는 것인지도 모릅니다.

어릴 때 자기 의견을 부정당한 경험이 많을수록 방어적으로 반응하는 경향이 강하게 드러납니다. 마음속 깊은 곳에 '어차피 내 의견은 받아들여지지 않을 거야'라는 믿음이 자리 잡고 있다면, 의견을 말해달라는 요청이 버겁게 느껴지고 입을 열어 자신의 의견을 말하는 것 자체도 어렵게 느껴집니다.

과거의 경험은 이렇게 속삭입니다. '어차피 말해봤자 무시당하거나 부정당할 거라면 말하지 않는 편이 상처를 덜 받는 길이야.' 그리고 그 경험에 따라 우리의 무의식이 작동합니다. 그럴 때는 좌절하거나 자신을 탓하기보다 과거에 내가 부적절한 피드백을 받았구나, 하고 알아채고 스스로를 인정해줄 필요가 있습니다.

다른 사람의 말과 행동 때문에 화가 나고 마음이 답답하고, 나도 모르게 날카롭게 반응할 때도 마찬가지입니다. 그런 순간에도 자신을 비난하는 대신 어떤 점이 싫었는지, 어떤 부분에서 내가 예민해졌는지 스스로에게 물어봐주고 동조하며 자신의 편을 들어주세요.

다른 사람의 말과 행동에 적대감이 느껴진다면 그건 내 성격에 문제가 있어서도 아니고, 마음에 결함이 있어서도 아닙니다.
어린 시절 받은 상처로부터 내 마음을 보호하려는 반사적인 행동일 뿐입니다.

내일은 더 편안하고
자유로워질 거야

조금씩 천천히
오늘을 단단하게 쌓아나가면
불안에 지지 않고
타의에 흔들리지 않는,
온전히 자유로운 내일의 나를 만날 수 있을 거예요.

28

내 감정은
나를 위해
존재해

"나 요즘 힘들어."

"너만 힘든 줄 알아? 나도 힘들어. 내가 더 힘들어."

"너무 버겁고 힘겹네."

"다들 애쓰고 있는 거 안 보여? 힘든 건 다 마찬가지야."

내 마음을 털어놨을 때 위로는커녕 날카로운 말이 돌아올 때가 있습니다. 혹은 상대방이 더 힘 빠지는 소리를 해서 우울로 깊게 가라앉을 때도 있습니다. 되로 주고 말로 받는 격이지요.

어떨 때는 그런 반응을 곧이곧대로 받아들여서 '내가 너무 엄살을 부리는 건가' 싶은 생각이 들기도 합니다. '다들 이정도 노력은 하고 사는데 내가 뭐라고 응석을 부렸나' 걱정이 되는 거죠.

하지만 그런 생각을 할 필요는 전혀 없습니다.

힘듦과 괴로움은 남과 비교할 수 없으며, 내가 힘들고 버겁다고 느끼면 그것이 사실이니까요. '비는 언젠가 그치기 마련이다', '밤이 지나면 새벽이 온다'는 말도 있지만, 내리는 비를 맞으면 힘들고 새벽을 기다리는 동안은 괴로운 법입니다.

즐거운 감정은 좋고, 힘든 감정은 나쁜 게 아닙니다.

좋다고 말하는 건 긍정적이고, 괴롭다고 말하는 건 부정적이라고 볼 수도 없습니다.

●
내일은 더 편안하고
자유로워질 거야

애초에 **힘듦과 괴로움 같은 감정은 위험에 대처하기 위해 존재합니다.** 그러한 감정이 없어지면 우리는 살아갈 수가 없습니다.

　힘들다고 느끼니까 나에게 해가 되는 사람과 거리를 둬야겠다고 생각할 수 있습니다. 괴롭다고 느끼니까 내 마음에 상처를 주는 환경에서 이제 그만 벗어나야겠다고 마음먹을 수 있습니다.

　아무런 감정도 느끼지 못한다면 몸과 마음을 고통스럽게 하는 환경에 그냥 계속 머물거나, 몸이 한계에 다다라 비명을 내지를 때까지 마음의 상처를 알아차리지 못할 수도 있습니다. 그렇게 방치하는 동안 점점 더 힘들어지는 악순환이 반복됩니다.

　그러니까 힘들다고 느껴도 괜찮습니다. 아니, 오히려 힘든 순간을 충분히 느끼는 편이 좋습니다.

괴로움을 느낄 수 있기에 자신의 한계를 알 수 있습니다.

'이렇게까지 괴로운 건 엄살이 심해서일까……'라고 걱정하는 사람도 있지만, 그건 사실이 아닙니다. 정말 엄살을 부리는 사람은 그런 생각 자체를 하지 않으니까요. 자신이 부족해서 그런 건 아닐까 고민한다면 아마 당신은 매사에 최선을 다하는 사람일 가능성이 큽니다.

힘들고 버겁고 괴롭게 느껴진다면 그런 감정을 느낄 만큼 지금껏 최선을 다해왔다는 이야기이니 걱정 말고 다른 사람에게 의지도 하고 도움도 청하고 당당히 휴식을 취하기 바랍니다. 당신의 감정은 오롯이 당신의 것이며 다른 사람에게 인정이나 허락을 구할 이유가 없습니다.

힘듦과 고달픔은 모두 필요한 감정입니다. 감정을 느끼지 못하면 지쳐 쓰러질 때까지 노력을 멈추지 못할 테니까요.

그러니 힘들고 버거울 때는 그런 감정을 견디고 억누르면

서 모른 척하지 마세요. 모든 감정에는 이유가 있고, 당신을
위해 존재한다는 것을 잊지 마세요.

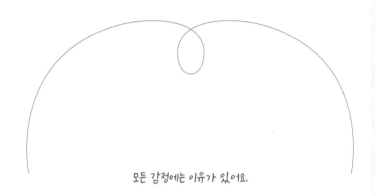

모든 감정에는 이유가 있어요.

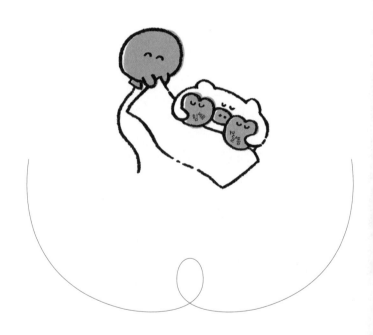

29

노력과
무리의
기준

"아직 기운이 남았을 때 쉽시다!"

위와 같은 말을 들었다고 상상해보세요.
당신의 반응은 다음 중 어느 쪽에 해당하나요?

A. '좋았어, 이제부터 쉬어야지', '쉬어도 되는구나' 하고
    거부감 없이 받아들일 수 있고 마음이 편안해진다.

B. '그럴 수 있다면 지금처럼 걱정할 일도 없지', '현실을 전혀 모르네', '말도 안 되는 소리야'처럼 반론할 말이 머릿속에 떠오른다. 마음이 가벼워지기는커녕 답답하고 왠지 화가 난다.

A라고 대답했다면 지금처럼 계속 살아가면 됩니다.

힘이 충분히 남았어도 일부러 시간을 내 휴식을 취하면서 기분 전환을 하고, 가끔은 하기 싫은 일을 미루기도 하면서 몸과 마음의 균형을 유지해가면 됩니다.

하지만 이 책을 펼쳐 든 독자 대부분은 아마도 B에 해당하겠지요.

분명히 말하건대 기운이 남았을 때 쉬세요. 그래도 됩니다. 아니, 그래야 합니다.

지쳤을 때만, 한계에 부딪혔을 때만 쉴 수 있는 게 아닙니다. 평상시에도 일과 휴식의 균형을 생각하며 적절히 쉬어야 합니다. 하지만 완벽하게 해내야 한다며 지금껏 부단히 노력해온 사람일수록 B와 같이 느끼기 쉽습니다.

'기운이 남았을 때 쉬자'는 말을 듣고 기분이 답답해졌다면 지금껏 당신이 쉬지 않고 노력해왔기 때문입니다.

'그게 가능했다면 이렇게 고생할 일도 없지'라는 생각이 든다면 당신이 혼자서 최선을 다해왔기 때문입니다.

'그럼 빈자리는 누가 메우지?'라며 화가 난다면 당신이 다른 누군가의 몫까지 떠안고 있기 때문입니다.

매사에 최선을 다하는 사람일수록 '어느 정도까지는 노력해도 괜찮고 어느 정도부터는 무리인지 구분하지 못한다', '적당한 선을 모른다'는 고민을 안고 있습니다. 어릴 때부터 노력을 당연하게 여기던 사람은 쉬는 것을 두려워하기도 합니다.

앞에서도 말했지만 어느 정도가 무리인지 구분하는 데 도움이 되는 핵심 키워드가 있습니다. 바로 '아직은'이라는 표현입니다.

'아직은 노력할 힘이 남아 있다'는 생각이 든다면 그때 멈

쳐야 합니다. 그래야 지쳐 쓰러지지 않을 수 있습니다.

'아직은 더 할 수 있다'는 생각이 든다면 오늘은 그쯤에서 멈추세요. 그러는 편이 다음 날의 컨디션에 도움이 됩니다.

'아직은 괜찮다'는 생각이 든다는 건 그런 식으로 스스로를 타이르지 않으면 안 될 정도로 지친 상태라는 뜻입니다. 그러니 그런 생각이 들 때 일단 멈추는 것이 좋습니다.

그 자리를 벗어날 수 있다면 벗어나고, 쉴 수 있다면 휴식을 취하세요.

'아직은 괜찮다'는 생각이 든다면
거기서 딱 멈춰봐요.

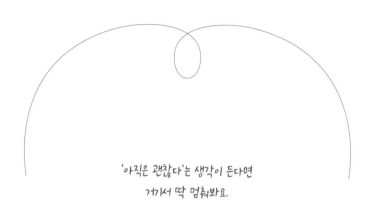

30

느긋할 때
오히려
잘 풀리는 일

'큰일이다! 늦잠을 자버렸네. 시간이 없어.'

이렇게 마음에 여유가 없어서 허둥지둥할 때는 꼭 입고 나갈 옷을 빨리 못 정하고, 챙겨야 할 물건은 보이지 않고, 갑자기 뭔가에 발이 걸려 넘어지고, 책상 모서리에 새끼손가락을 찧고, 스마트폰과 열쇠를 찾아 헤매게 됩니다.

조급한 상태에서는 뇌의 활동이 저하되어 사고력과 판단

력이 떨어집니다.

넘어지고, 부딪히고, 물건을 떨어뜨리고, 평소라면 하지 않을 실수도 하고, 쓸데없는 말까지 하고 맙니다. 조급하게 내린 판단은 조급한 행동으로 이어지고, 이로써 마음이 더욱 조급해지는 악순환이 발생하는 것입니다.

그러니 문제가 생겼을 때일수록 평정심을 유지하도록 합시다. 뒤죽박죽 소란스러운 마음은 아무 데도 도움이 되지 않습니다. **조급해하지 않고 느긋하게 마음먹을 때 일은 더욱 잘 풀립니다.**

불편한 사람에게 갑자기 전화가 걸려오더라도 당황하지 마세요. 전화벨이 울리는 순간 갑자기 심장이 빠르게 뛴다면 전화를 받지 않아도 됩니다.

심장박동이 빨라지는 것은 긴장했다는 신호입니다. 그런 상태인데도 타인의 연락을 거절할 수는 없다는 강박관념 때문에 그대로 전화를 받았다가는 안 받느니만 못한 결과가 나오기 쉽습니다.

말을 더듬거리거나 묻는 말에 제대로 대답하지 못하거나 안 해도 될 말을 해서 오히려 평판이 깎일 수 있지요. 그럴 때는 바로 전화를 받기보다 나중에 다시 거는 게 낫습니다. 상대방이 내가 받을 때까지 끈질기게 전화를 거는 사람이라면 더더욱 그렇습니다.

전화를 받자마자 "뭐 하느라 이렇게 늦게 받는 거야?"라는 말을 들으면, 상대방의 흐름에 휘말려서 마음이 더욱더 초조해질 것입니다. 그러니 당신이 준비됐을 때 마음을 진정시키고 나서 전화를 다시 거세요.

실수했을 때도 평정심은 중요합니다.

'어쩌면 좋지, 어떡해'라며 당황할수록 불안감이 더욱 커져서 금세 패닉 상태에 빠지고 맙니다. 우선 심호흡을 세 번 천천히 해보세요. 급할 것 없습니다. 느긋하게 마음먹으세요. 몇 분 늦어진다고 상황이 더 나빠질 일은 전혀 없습니다.

조급하고 초조한 때일수록 '어쩌지'라며 당황하지 말고, '어떻게 하면 좋을지'에 대해 한 박자 느긋하게 생각해보기 바랍니다. 3장에서 말했듯 우리 뇌는 명확하게 알지 못하는 것을 분명히 하려는 경향이 있습니다. 그렇기에 '어떻게 하면 좋을지'를 생각하면 분명히 더 나은 방법을 찾을 수 있습니다.

당신의 호흡으로, 당신의 속도로, 당신의 흐름을 만드세요.

여기서 주의할 점이 하나 있습니다. **우리 뇌는 명령과 금지를 싫어한다는 것입니다.**

"누르지 마시오"라는 말을 들으면 눌러보고 싶고, "보면 안 됩니다"라는 말을 들으면 왠지 신경 쓰여서 더 보고 싶고, '다이어트 중이니까 먹으면 안 돼'라고 생각할수록 더 먹고 싶어지는 법이지요.

그러니 '서두르지 말자!'가 아니라 '진정하자'라고 말해주세요. '서두르면 안 돼!'가 아니라 '느긋하게 마음먹으면 일이 더 잘 풀릴 거야'라고 생각해보세요.

우리 뇌의 습성을 현명하게 활용해보는 겁니다.

일단은 천천히 심호흡을 해봐요.

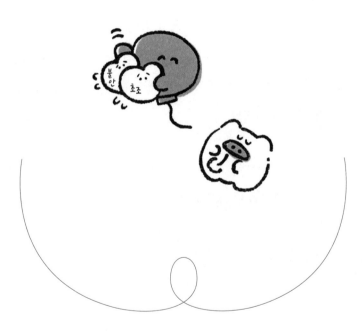

31

긍정적인 변화를
이끄는
매일의 작은 습관

'나는 무엇 하나 꾸준히 하는 게 없어'라며 자신에게 실망하지 않아도 됩니다. 당신의 노력이 부족해서 혹은 의욕이 없어서 그런 것이 아니니까요.

오히려 그 반대입니다. 과도하게 최선을 다하거나 지나치게 의욕적으로 덤벼들었기 때문에 계속하지 못했을지도 모릅니다.

우리 뇌는 본능적으로 변화를 싫어하기 때문에 급격한 변화가 일어나면 제동을 겁니다. 당신이 금방 싫증을 내는 성격이거나 의욕이 없는 편이어서 뭔가를 계속하지 못하는 것이 아니라, 갑자기 안 하던 것을 열성적으로 하려니 뇌에서 '이제 그만!' 하고 브레이크를 건 것일 수 있어요. 습관을 갑자기 바꾸기란 그만큼 쉬운 일이 아닙니다.

지금부터 '아주 조금이라도 긍정적으로 변화할 수 있도록 돕는 일상 습관'을 세 가지 소개하겠습니다. '한번 해보고 싶다', '이건 계속 유지하고 싶다'라는 생각이 드는 것이 있으면, "우선은 일주일 동안"이라는 부분에 중점을 두고 시도해보기 바랍니다.

❶ 하루에 15분씩 아침에 햇볕을 쬔다

〔효과〕 수면의 질이 좋아지고 아침에 개운하게 일어날 수 있습니다.

우선은 일주일 동안 아침에 일어나서 커튼을 걷는 것부터 시작합니다.

❷ 좋아하는 일을 한다

〔효과〕 스트레스가 줄고 마음에 여유가 생깁니다.

우선은 일주일 동안 하루에 한 번은 내가 좋아하는 것을 먹거나 마시거나 봅니다. 미리 '좋아하는 것'을 목록으로 작성해 두면 자연스럽게 실천할 수 있습니다.

❸ 하루에 20분씩 운동을 한다

〔효과〕 피로가 줄어들고 몸과 마음이 회복됩니다.

우선은 일주인 동안 하루에 한 번 정해진 시간에 몸을 움직입니다. 간단한 스트레칭, 어깨와 목의 근육 풀기, 의자에 앉은 상태에서 발 구르기 정도면 충분합니다.

이렇게 사소한 활동이 꾸준히 쌓이면 어느샌가 이 습관을 유지할 수 있겠다는 자신감이 자라납니다.

그렇다고 앞서 소개한 활동을 모두 계속해야 하는 건 아닙니다. 계속하는 건 좋고 그만두는 건 나쁘다는 뜻이 아님을 명심하세요. 계속하고 싶은지 그만두고 싶은지, 자신의 솔직한 마음을 소중히 여기며 선택해주세요.

내일은 더 편안하고
자유로워질 거야

해보고 싶은 것부터
하나씩 조금씩.

32

70점으로 만드는
100점짜리 내 인생

'인생에서 목표로 하는 점수는 70점 정도면 충분하다.'

'적당히 해도 괜찮다.'

'아무것도 못할 것 같은 때에는 안 해도 된다.'

이렇게 생각하면 자신을 지금처럼 들볶고 비난하는 일이
사라지고 인생이 좀 더 편안해집니다.

몸과 마음에 여유가 생기니까 짜증 나는 일도 줄어들겠지요.

100점을 목표로 하거나 최선을 다해 노력하면 안 된다는 말이 아닙니다. 당신이 지금의 생활을 즐기고 있고 무리하지 않는 가운데 만족하고 있다면 그렇게 사는 것도 좋은 일이지요.

하지만 노력 끝에 깊은 피로가 찾아왔거나 좀 더 편하게 살고 싶다는 생각이 든다면 **'인생은 70점'을 목표로 해보세요.** 반드시 해야 하는 일, 100점을 목표로 하는 일이 많은 사람일수록 그 외의 장면에서는 힘을 빼고 균형을 이루는 것이 중요합니다.

당신이 목표로 해야 하는 것은 다음 페이지의 세 가지 기준점 중 '3. 아슬아슬하게 합격하는 수준'입니다. 이른바 커트라인이지요. 이 정도만 할 수 있어도 충분합니다. 100점 수준에 대해서는 '언젠가 할 수 있으면 좋겠지만 지금은 목표로 하지 않아도 된다'라고 생각해주세요. 100점을 목표로 하면 너무 무리하게 되니 주의해야 합니다.

〈 인생 70점 실천 방법 〉

1. 내게 있어 어느 정도가 '100점'인지 생각해본다.

2. 어느 정도가 '불합격'인지 생각해본다.

3. 어느 정도가 '아슬아슬한 합격점'인지 생각해본다.

싫어하는 사람을 대하는 방식을 예로 들어볼까요?

1. 100점

싫은 내색을 전혀 하지 않고 그 사람을 웃는 얼굴로 대한다. 즐겁게 대화를 나눈다.

2. 불합격

싫어하는 감정이 얼굴에 고스란히 드러난다. 무시하거나 비꼬는 말을 하기도 한다.

3. 아슬아슬한 합격점

인사를 건넨다.

무리할 정도로 애써서 합격점에 도달할 필요 없습니다. 아슬아슬한 합격점 정도면 충분합니다. 당신이 허용할 수 있는 기준점은 지킨 거니까요. 지친 당신이 지향해야 할 지점은 바로 그 '적당히'입니다.

이 정도로 해낸 나에게
박수를 보내요.

33

가점 방식으로
오늘도
행복을 더해요

사람이나 물건을 평가하는 방법에는 감점 방식과 가점 방식이 있습니다. 기본 점수에서 점수를 빼나가는 것이 감점 방식이고 0점에서 시작해 점수를 더해가는 것이 가점 방식이지요.

  예를 들어, 요즘 화제가 되고 있는 영화를 보러 갔다고 해봅시다.

  감점 방식에서는 기본 점수가 100점입니다.

영화의 등장인물이 마음에 들지 않아서 마이너스 10점, 이야기의 진행 속도가 느려서 마이너스 10점, 기대보다 감동이 덜해서 마이너스 30점. 이렇게 안 좋은 점을 발견할 때마다 점수를 깎은 결과, 최종 점수는 50점이 됐습니다.

한편 가점 방식에서는 기본 점수가 0점입니다.

배우들의 의상이 멋있어서 플러스 10점, 액션 신이 실감 나서 플러스 20점, 좋아하는 배우가 나와서 플러스 10점, 마지막 장면이 감동적이었으니까 플러스 10점. 이렇게 좋은 점을 발견할 때마다 점수를 더한 결과, 최종 점수가 50점이 됐습니다.

어떤 채점 방식으로 평가하든 결과적으로 영화는 50점을 얻었습니다. 점수는 똑같아요.

하지만 다른 점이 있습니다. **가점 방식으로 평가했을 때 영화를 보고 난 후의 만족도가 더 높습니다.**

감점 방식에서는 안 좋은 점을 찾고 가점 방식에서는 좋은 점을 찾습니다. **안 좋은 점을 찾을 때보다 좋은 점을 찾을 때 만족도가 높아지는 게 당연하겠지요.**

나에 대해 평가할 때도 이런 채점 방식을 적용할 수 있습니다.

자신의 좋은 점보다 나쁜 점이 더 많이 떠오르는 사람은 무의식적으로 감점 방식을 사용하고 있는지도 모릅니다. 지금까지 감점 방식으로 살아왔다면 채점 방식만 바꿔도 인생이 무척 편안해질 것입니다.

어렵지 않습니다. 아침에 일어나기가 어렵다면 알람을 듣고 눈을 바로 떴을 때 10점을 더해주세요. 정신을 차리고 알람을 제대로 끄면 또 플러스 10점, 다시 잠들지 않으면 플러스 30점을 해줍시다. 이불 밖으로 나갔다면 또 20점을 더해줍니다. 아침에만 벌써 70점을 달성했네요.

'그 정도야 당연히 해야 하는 일이지'라고 생각하지 말고, 사소한 일이라도 하나씩 해낼 때마다 점수를 더해주세요. 해내지 못하는 자신을 비난하는 일이 줄어들고, 실제로 자신이 잘 해낸 일을 발견하는 데 집중하게 될 것입니다. 좋은 일이 늘어나고 만족이 더 가까워질 겁니다.

앞으로는 뭔가를 해내지 못할 때마다 점수를 깎지 말고, 뭔가를 해낼 때마다 점수를 더해주세요.

•
내일은 더 편안하고
자유로워질 거야

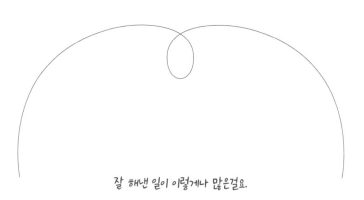

잘 해낸 일이 이렇게나 많은걸요.

34

일상을
더욱
정성스럽게

마음속이 소란스럽다면 그건 당신의 인내심이 한계에 가까워지고 있다는 신호입니다. 아마도 당신은 누군가와 함께 있을 때 상대방을 먼저 배려하는 사람이겠지요. 싫은 것을 견디고, 화가 치밀어도 참고, 짜증이 나도 억누르는 사람 말입니다. 옆에 있는 사람을 기쁘게, 즐겁게, 기분 좋게 해주려고 노력해왔을 것입니다.

하지만 그러다 보면 정작 자신의 마음을 살필 여유는 없어져서 자기 일은 뒷전이 되어버리고 마음속에 피로가 쌓이기 쉽습니다.

- 몸을 움직이고는 있지만 마음이 무겁다.
- 기운이 없는 건 아닌데 왠지 즐길 수가 없다.
- 아무것도 하고 싶지 않지만, 그런다고 마음이 편해지지도 않는다.
- 왠지 집중할 수가 없다.

위와 같은 상태라면 몸보다 마음이 지친 상황입니다.

몸이 피곤하면 누워 쉬면서 기력을 회복해야 하듯, 마음이 피곤할 때는 마음을 살뜰하게 돌봐주어야 합니다.

지금 당장 시도해볼 수 있는 방법이 있습니다. 바로 **일상적인 활동을 조금 더 정성스럽게 하는 것**입니다. 새로운 것을 시도

하는 것이 아니라 '문을 양손으로 열고 닫기', '음식을 한 입씩 음미하면서 먹기'처럼 평소에 자주 하는 행동에 정성을 들이는 것이 핵심입니다.

일상적으로 하는 동작을 일부러 천천히 공들여서(0.5배~0.7배의 속도로) 하다 보면 마음에 여유가 생기고 마음속 혼란이 서서히 가라앉으면서 진정될 거예요.

아무렇지도 않게 하던 일상적인 행동을 공들여 하면 자신을 더욱 소중히 여기게 됩니다. 그러니 마음이 지친 사람뿐 아니라 자신을 위로하는 데 서툴고 나를 뒷전으로 돌리기 쉬운 사람에게도 이 방법은 도움이 됩니다.

다만 아무리 사소한 동작이라도 정성스럽게 하지 못할 만큼 기운이 없을 때에는 무리해서 뭔가를 하지 않아도 됩니다. 그 대신 **기운을 북돋는 작은 선물을 자신에게 해봅시다.**

나만을 위해 고른 꽃 한 송이, 유기농 아이스크림, 고급 초콜릿, 프리미엄 맥주 등 늘 사던 것보다 조금 나은 것을 선택해보세요.

나에게 하는 그런 선물은 사치나 방종과는 거리가 멉니다. 오히려 그 순간에 당신에게 정말 필요한 일이지요. 이런 걸 내가 써도 될까, 이런 걸 내가 먹어도 될까, 고민하지 마세요. 지칠 만큼 애써왔고, 모든 힘이 소진될 만큼 최선을 다한 당신은 그 정도 선물을 받을 자격이 충분합니다.

감기에 걸렸을 때 감기약을 먹듯이, 마음이 지쳤을 때는 마음을 치료하는 약을 처방해주세요.

일상적인 일에
조금 더 정성을 들여요.
그 시간이 당신을 지탱해줄 거예요.

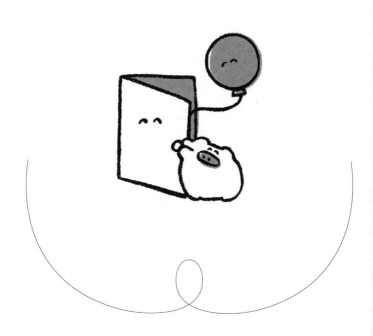

35

나를
일으켜 세우는
한마디

작은 실패를 했을 때 지나치게 좌절하지 않게 해주는 마법의
표현이 있습니다.

바로 '**뭐, 괜찮아**'입니다.

견딜 수 없을 정도로 슬플 때도, 너무 실망스러울 때도, 분
노가 차올라 폭발할 것 같을 때도, 마지막에는 '뭐, 괜찮아'라
고 속삭여보세요.

그러면 신기하게도 내게 닥친 일이 정말 아무것도 아닌 것처럼 생각되고, 마음이 조금은 가벼워집니다. 그리고 어떻게든 될 것 같다는 기분도 들지요.

좌절해서는 안 된다는 말이 아닙니다.

좌절할 만한 일이 생겼으니 좌절해도 됩니다. 겨우 이 정도로 마음이 꺾이다니, 하며 자신을 비난할 필요도 없습니다. 하지만 그런 상태가 계속 이어진다면 문제가 될 수 있겠지요. 점점 더 기운이 빠지고 스스로가 싫어질지도 모릅니다.

그러니 이제 더는 좌절하고 싶지 않다는 마음이 조금씩 자라나기 시작했다면 그때 '뭐, 괜찮아'라고 말해보세요. **계속되는 좌절을 멈출 수 있을 것입니다.**

슬퍼해서는 안 된다는 말도 아닙니다.

슬픔은 필요한 감정입니다. 슬플 때는 마음껏 슬퍼하고 울고 싶을 때는 마음껏 울어야 합니다. 슬픔이 밖으로 나오지 않게 계속 억누르다 보면 슬픔은 그 모습을 분노나 불만으로 바꾸어 당신을 괴롭힐지 모릅니다.

그러니 충분히 슬퍼한 후에 '뭐, 괜찮아'라고 말해보세요. **슬픈 감정을 제대로 마주하고 나면 '이제는 그만하자'라는 생각이 차츰차츰 차오르기 마련입니다.**

'뭐, 괜찮아'라고 속삭여봐도 마음이 전혀 가벼워지지 않는다면, 아직 당신의 마음속에 슬픔이 남아 있다는 뜻입니다. 그럴 때는 무엇 때문에 이렇게 슬픈지 솔직한 마음의 소리에 귀를 기울이는 데서부터 시작해보세요. 슬픔을 제대로 마주하고 충분히 슬퍼해야 훌훌 털고 편안한 마음으로 돌아갈 수 있습니다.

분노 역시 피해야 하는 것이 아닙니다.

화는 나를 보호하는 데 꼭 필요한 감정입니다. 하지만 화를 내는 데는 너무 많은 에너지가 소모되기 때문에 계속 화를 내면 몸도 마음도 녹초가 되고 맙니다.

그러니 너무 화가 나서 힘이 들거나, 화를 내는 내 모습이 싫다면 '뭐, 괜찮아'라는 말로 화를 진정시켜보세요.

여기서 주의할 점이 있습니다. **'뭐, 괜찮아'라는 말을 자신**

을 위해서 사용해야 한다는 것입니다.

　다른 사람을 위해 '뭐, 괜찮아'라면서 자기 감정을 얼버무리고 넘어가서는 안 됩니다. 남들이 별것 아닌 것으로 여긴다고 해서 그에 휘둘려 나까지 별일 아닌 척 넘어가면 안 됩니다. 모른 척하고 넘긴 감정은 시간이 지난 후 다시 나를 찾아와 힘들게 하기 마련입니다.

　살다 보면 늦잠을 자기도 하고 물건을 잃어버리기도 할 겁니다. 잘못하고 실수할 때도 있지요. 하지만 다음부터 그러지 않도록 조심하면 될 일입니다.

　이미 일어난 일로 자신을 비난하기보다 '뭐, 괜찮아'라고 말하며 마음을 지켜주세요.

●
내일은 더 편안하고
자유로워질 거야

마음의 뭉친 부분을
풀어주는 말,
'뭐, 괜찮아.'

머리를 개운하게 해주는
눈 스트레칭

눈은 뇌와 바로 연결된 특수한 기관입니다.
뇌가 처리하는 정보 중 무려 80% 이상이 눈을 통해 들어오기도 하지요.

그러니까 눈이 피로할 때는 뇌도 피로를 느낍니다.
계속 같은 자세로 앉아 있다 보면 어깨가 결리듯이, 스마트폰이나 컴퓨터 화면을 오랫동안 들여다보고 있으면 눈 주변 근육도 굳습니다. 그러니 의식적으로 화면에서 눈을 떼거나 몇 분 동안 눈을 감고 휴식을 취하는 것이 좋습니다. 여기에 눈 스트레칭까지 더해주면 눈의 피로가 풀리고 머리도 맑아집니다.

내일은 더 편안하고
자유로워질 거야

마라톤 경기를 할 때는 미리 급수 지점을 정합니다. 달리다가 선수들이 탈수로 쓰러지지 않도록 하기 위한 방안이지요. 선수들도 이에 맞춰 갈증이 극심해지기 전에 물을 마십니다.

눈도 마찬가지입니다. 눈에 피로가 쌓이기 전에 한 시간에 한 번, 또는 30분 간격으로 휴식 시간을 정하고 눈을 쉬게 해주세요.

〈지금 당장 할 수 있는 눈 스트레칭〉

1. 눈을 5초 동안 꼭 감는다.

   그 후에 온 힘을 다해 확 뜬다.

   2~3회 반복한다.

2. 눈을 감은 상태에서 눈동자를 위아래로 움직인다.

   5회 반복한다.

3. 눈을 감은 상태에서 눈동자를 왼쪽, 오른쪽으로 움직인다.

   5회 반복한다.

4. 몇 분 동안 눈을 감고 쉰다.

당신은
지금껏 잘해왔고
앞으로도 잘할 거예요

'나는 혼자가 아니야.'
'내 마음을 이해해주는 사람이 있어.'
'이렇게 생각해도 되는 거구나.'

아무리 힘들고 괴로워도 나를 이해해주는 한 사람만 있으면 다시
평정심을 찾을 수 있습니다. '나는 안 돼'라며 자신을 책망할 일도
없지요.

●
당신은 지금껏 잘해왔고
앞으로도 잘할 거예요

다리를 다친 사람은 보기만 해도 알 수 있습니다.

깁스를 하거나 목발을 짚고 있는 사람을 보면 "괜찮아?"라며 안부를 묻고, 짐을 대신 들어주거나 부축해주기도 합니다. 도움을 청하지 않아도 먼저 도와줍니다.

하지만 '지친 마음'은 눈에 보이지 않습니다.

그러니 웬만해서는 "괜찮아?"라는 걱정 섞인 인사를 들을 일도 없지요. 용기를 내서 "나 요즘 좀 힘들어"라고 털어놓는다고 해도 상대방이 순순히 이해해줄 거라고 장담할 수도 없습니다.

사람에 따라서는 "다들 그러고 살아"라며 어처구니없다는 반응을 보이거나 "좀 더 긍정적으로 생각해봐", "생각이 너무 많은 거 아니야?"라며 마음에 더 짐을 지우는 조언을 할 때도 많습니다.

꼭 하고 싶은 말이 있습니다. '지쳤다'는 감정은 사람들이 흔히 생각하는 것보다 훨씬 더 힘든 마음 상태라는 것입니다.

지쳤다고 느끼는 사람은 자기 마음을 핑계로 할 일을 내팽개치는 사람이 아닙니다. 게으름을 피우는 것도, 의욕이 없는 것도, 어리광을 부리는 것도, 도망치는 것도 아니지요.

오히려 그와 반대로 성실하고 매사에 최선을 다하며 타인을 배려하는 다정한 사람이기에 힘들고 버거워하는 것입니다.

그러니까 지금 괴로울 만큼 지쳤다면 당신은 이미 최선을 다하고 있는 것이고, 그 이상으로 노력하기 어려운 게 당연합니다. 혼자 모든 것을 껴안고 감당하지 마세요. 지금 당장 다른 사람에게 의지하거나 휴식을 취해도 됩니다.

'왜 이렇게 힘든 걸까.'
'왜 이렇게 쉽게 지치는 걸까.'

이런 식으로 자신을 비난해온 당신이 '이렇게나 힘들 정도로 애써왔구나', '지쳐 쓰러질 만큼 최선을 다했구나' 하고 스스로를 인정할 수 있기를 바랍니다.

'다른 사람에게 의지하다니, 폐를 끼치는 것 아닐까.'
'도움을 청하다니, 어리광 아닐까.'

이렇게 생각하며 무슨 일이든 혼자서 짊어지려 한 당신이 앞으로는 필요할 때에 다른 누군가에게 의지할 수 있게 되기를 바랍니다.

●

당신은 지금껏 잘해왔고
앞으로도 잘할 거예요

쉬는 데 죄책감을 느끼는 당신이 과감하게 눈 딱 감고 자신을 위해 쉴 수 있기를 바랍니다. '쉬면 안 되는데 쉬었어'가 아니라, '잘 쉬었어! 잘한 거야!'라며 자신의 행동을 칭찬할 수 있게 된다면, 저로서는 그보다 기쁜 일은 없을 겁니다.

마지막으로 이 책을 함께 만들어주신 분들께 감사 인사를 전합니다. 일러스트를 그려주신 모쿠모쿠 님, 편집자로서 제 생각을 최대한 이해하며 함께 고민해주신 히라이 님, 책의 내용과 어울리는 디자인을 완성해주신 치코루즈 님, 오탈자를 확인해준 교정 담당자분들까지, 모두 감사드립니다.

마지막으로 지금 이 책을 읽고 있는 독자 여러분.
수많은 책 중에서 이 책을 선택해주셔서 정말 고맙습니다.

Poche

참고문헌

1. Levenson, R. W., Ekman, P., & Friesen, W. V.(1990). 'Voluntary facial action generates emotion-specific autonomic nervous system activity', *Psychophysiology, 27*(4), 363-384.

2. Pham, L. B., & Taylor, S. E.(1999). 'From Thought to Action: Effects of Process-Versus Outcome-Based Mental Simulations on Performance', *Personality and Social Psychology Bulletin, 25*(2), 250-260.

3. 『단순한 뇌 복잡한 나(単純な脳、複雑な「私」)』. 이케가야 유지(池谷裕二) 지음, 이규원 옮김, 은행나무, 2012.

오늘만큼은 나를 위해

초판 1쇄 발행 2024년 1월 24일

지은이 포슈
그림 모쿠모쿠
옮긴이 이정현
펴낸이 유성권

편집장 양선우
편집 조아윤 윤경선 김효선
편집 진행 신혜진
해외저작권 정지현
홍보 윤소담 박채원 **디자인** 김희림
마케팅 김선우 강성 최성환 박혜민 심예찬 김현지
제작 장재균 **물류** 김성훈 강동훈

펴낸곳 ㈜이퍼블릭
출판등록 1970년 7월 28일, 제1-170호
주소 서울시 양천구 목동서로211 범문빌딩(07995)
대표전화 02-2653-5131 | **팩스** 02-2653-2455
메일 tiramisu@epublic.co.kr
인스타그램 instagram.com/tiramisu_thebook
포스트 post.naver.com/tiramisu_thebook

티라미슈 은 ㈜이퍼블릭의 인문 · 에세이 브랜드입니다.

editor's letter

그런 날이 있습니다.
나 자신을 잃어버린 것 같은 기분, 한없이 위축되는 기분,
지쳐서 손가락 하나 까딱할 수 없을 것 같은 기분……이 드는 날.
그건 내가 잘못되어서도 아니고, 무능해서도 아니며, 예민해서도 아닙니다.
그저 지쳐서 충전이 필요한 거죠. 그뿐입니다.
그러니 이제 우리 자신에게 조금 더 다정해지기로 해요.
우리 마음이 훌훌 가벼워지면 좋겠습니다.
거리낌없이, 자유로워지면 좋겠습니다.